好年華

Good Time

喬峰

男子漢大丈夫，第一論人品心腸，第二論才幹事業，第三論文學武功。《天龍八部》

代序一／劉天賜 08
代序二／施德利 10
代序三／陳偉光 12
代序四／王家駒 13
代序五／徐小明 14

人置身這大時代 投入幾番競技賽／前言

速讀金庸筆下的武林 16

第一章 情感有若行李 仍然沉重待我整理／愛情人際篇

趙敏：張無忌是唯一出路 22
岳靈珊：我爸是偶像 26
王語嫣：美女愛瘋子 30
張無忌：撩女仔的本性 33
段正淳：吸引女人的秘密武功 36
喬峰：為什麼單身多年？ 39
黃藥師：為什麼郭靖不是好女婿？ 42

目錄

華箏：為什麼郭靖不是好老公？ 45

公孫止：為什麼娶不了小龍女？ 48

李莫愁：為什麼沒人娶我？ 51

胡斐：為什麼不愛程靈素？ 54

楊康：選錯另一半就會輸 59

苗人鳳：溝通的重要性 62

第二章 追蹤一些生活最基本需要／職場管理學

令狐沖：華山派的虛假繼承人 68

左冷禪：五嶽劍派的最佳老闆 71

丐幫：「全民造星」的經營理念 74

全真教：「沒有高手」的發展攻略 77

靈鷲宮：「登基為皇」的隱藏幻想 80

慕容復：真的能復國嗎？ 83

任我行：最好的陷阱是什麼？ 87

楊逍：會是好的教主嗎？ 90

第三章 假使世界原來不像你預期／人生感悟篇

段譽：段正淳的親兒子 94
郭襄：出家不是為了愛情 97
峨嵋派：找處女不是為了練武功 101
俠客行：隨緣才是重點 104
虛竹：人生勝利組的錯誤配置 107
游坦之：不可放棄的價值觀 110
寧中則：智慧的寄生蟲 113
宋青書：富三代的成長 117
金蛇郎君：愛情世界的文化差異 120

第四章 誰人定我去或留 定我心中的宇宙／性格與命運

洪七公：大俠的審判 124
歐陽鋒：前輩的栽培 127
東方不敗：完美的教主 131
金輪法王：缺乏人生目標 134
中年黃蓉：人老了就會變得討厭？ 137

目錄

郭芙：故事之後的去向 141
周芷若：皇后的美夢 145
滅絕師太：師太的固執 150

第五章 夢想 於漆黑裏仍然鏗鏘／目標的追求

金庸小說最快捷的賺錢方法 156
金庸小說最仁義的大俠 159
血刀老祖：淫賊要上進 162
周伯通：頑童有底線 165
張無忌：我媽是女神 168
霍都：潛在的復仇者 172
何鐵手：中原的獵奇玩具 175
余魚同與宋青書：為愛犯錯的本性 178

換個時代在一起 等荊棘滿途全枯死／結語

金庸的俠之大者與現今處世論 182

代序一　劉天賜

著名媒體人

今年三月十日是金庸一百歲冥壽，今時襄陽城萬家燈火慶祝。當年郭靖和黃蓉守襄陽大敗蒙古軍隊，故此襄陽城在金庸百歲冥壽的時候大舉慶祝。北京大學，南開大學亦舉辦徵文比賽。

一九七六年，香港無綫電視開拍《書劍恩仇錄》，動用全台精英飾演紅花會十四豪傑。當年稍有名氣的演員黃元申，也只飾演一個小角色！第一男主角是鄭少秋，分別飾演乾隆皇帝、陳家洛、福康安三個角色。乾隆皇帝有點像《笑傲江湖》書中，口蜜腹劍的岳不群，其實現代人很多時候都是這樣的。我們叫他們做「雙面人」，口裏說一套，做的卻是另一套。他們很容易欺騙別人。這種人綽號「君子劍」，作風十分君子，但內心奸險，害到令狐冲、林平之不和，岳靈珊枉死。

岳不群假裝自己為正義人物，欺世盜名，最後難逃一劫，邪不能勝正，是武俠小說的常規。看武俠小說的人，多數都是正義的，不容奸邪的人得呈。

丐幫

金庸小說內的丐幫是幫會的一大派，明朝開國皇帝朱元璋，本來就是一個乞丐，丐幫的成員。自從洪七公用「打狗棒」為丐幫權杖，黃蓉繼位之後，傳到喬峰都是大俠形象的真英雄。丐幫的傳統是乞食兼行俠仗義和抱打不平，所以留傳千古，為人歌頌。

可是金庸小說中的丐幫也出了一個壞人，就是丐幫副幫主的夫人（白夫人）。這個女人，暗戀喬峰不遂，老羞成怒，轉移陷害他，使他蒙受冤屈，險些慘死。

丐幫有八代弟子，都是烹飪能手，祖師爺洪七公可以把蜈蚣煮成為美味的食物，而黃蓉的烹飪技術不下於洪七公，至於喬峰的技術，就不得而知了。但喬峰的酒量非常犀利，無人可及，內力可以逼出酒氣來。聚賢莊一役可見一斑。

丐幫幫主都死得很慘烈，北丐洪七公與西毒歐陽峰在雪地比武中，分不出勝負，最後相抱而死。黃蓉和郭靖也在襄陽保護家國中戰死。喬峰認識了自己身世後自盡而死。丐幫的主子，只有朱元璋成為皇帝得到善終。

強烈推薦陳美濤今次的新書！

二〇二四年　春

代序二　施德利

傳恩惠您　社會企業總監

金庸老師以其武俠小說創造了一個充滿俠義精神的江湖，不僅成為華人世界的文化瑰寶，更激發了一代又一代人對正義、勇氣與愛的追尋。他的筆觸跨越了紙張的限制，滲透到無數讀者的生活之中。

今年，我們迎來金庸老師百歲紀念之際，一部以金庸小說為鑑的人生啟示錄《笑傲任我行細看金庸學做人》悄然降臨，不僅是一份對金庸老師的致敬，也是對生命智慧的探索。

在我的個人成長軌跡中，金庸老師的作品一直是不可或缺。從年幼時電視劇的初識，到青少年遊戲中的冒險，再到成年後電影院裡的重溫，金庸老師創作的小說故事都與我的人生同行中，見證著我每一次的成長與變遷。我身邊的太太和朋友也同樣沉醉於金庸老師創造的那個波瀾壯闊的武術世界。經常在聚會時分享劇中的精彩情節和人生哲理，這些故事不僅是文化娛樂，更是我們共同成長的記憶和智慧的泉源。

金庸老師的作品也無形中推動了我的職業道路，讓我對數碼娛樂和遊戲領域產生了濃厚的興趣，不知不覺中已從事三十年。記得去年生日那天，我特意造訪了「金庸館」；那一天，我沉浸於金庸老師武俠世界的縱橫交錯，體會到了前所未有的感動。而今，能夠參與這本紀念金庸老師百年誕辰的作品中，我感到無比榮幸。

《笑傲任我行　細看金庸學做人》由陳美濤博士和韋迪先生聯手打造，兩位作者分別擁有深厚的武俠文化底蘊和豐富的商業管理經驗，他們的視角獨到，筆觸細膩，帶領我們從金庸老師作品的「人與情」出發，深入職場、組織管理、性格與命運等層面，呈現出一幅幅生動曼妙的人生畫卷。本書的出版，不僅是文化傳承的壯舉，更是慈善事業的一部分。

感恩作者願意將部份書刊收益捐贈至本慈善機構「傳恩惠您」的「iCare 慈善藝術教育計劃」。為到各有心人的精神及善行而致敬，感恩仍不忙於貢獻社會。我們希望透過這本書的收益，讓更多的孩子和 SEN 學童家庭能夠接觸到藝術教育，啟發對世界的好奇與探索慾望，從創作的過程中，孩子可以學會觀察、分析、構思與表達，以正面的態度追求他們的心中理想！

在這個特別的年份，讓我們一起翻開《笑傲任我行　細看金庸學做人》，不僅是為了重溫小說的經典故事情節，更是為了從中汲取為人處事的智慧，尤如於現實的生活中，行出一條光明的道路。期待這部作品能激發更多的人，無論在個人的成長、職業發展或在追求生活的藝術上，能夠有所得益，有所啟迪。

最後，願金庸老師的精神，如同書中的武功秘籍一樣，代代相傳，永遠流傳。

二〇二四年三月

代序三　陳偉光

香港家長教育資源協會主席

喜獲邀請為新書《笑傲任我行　細看金庸學做人》寫序，適逢「金庸百年誕辰記念」，參與其中，實屬榮幸。因為認識作者韋迪多年，知道他在商界中，無論在會計管理的專業知識，市場管理上都有豐富經驗，更把兩者融匯應用於商業上。

今次在他的著作中，將多年的人際關係經驗借助金庸小說的人物故事關係內容，生活化應對社會實況作對照，讓讀者在細讀金庸文化寶塊之餘更得到更多人生啟思，實在是難得的好書。此外，亦得知在新書出版後，作者及出版社將跟慈善機構及協會合作舉辦多項活動，將人際關係經驗分享出去，讓讀者增加多方向溝通的技巧及樂趣，擴闊社交生活圈子，建立更豐盛的人生，立體地走入金庸前輩的武俠世界，實行「笑傲任我行」。

二〇二四年三月

代序四　王家駒

香港電影製作發行協會副理事長
香港創意產業協會副理事長

我記得許多年前初到邵氏公司工作時，有一天部門主管突然派我親自送一份重要文件給查良鏞先生，就在他家門口見過他一面。印象中的他，非常客氣和有禮貌，向我道謝並收下了文件袋。

其後我離開邵氏公司，到了一家電影沖印廠工作，常與亦師亦友的張徹大導演在半島酒店咖啡廳茶聚，有時張導演也提及他（張導演稱呼他「老查」）與編劇倪匡合作改編小說成電影劇本的一些瑣事。那時一個年輕小伙子的我，逐漸對金庸小說加深了認識，產生了興趣，開始追看金庸小說改編的電影和電視劇。其人物、故事結構的精妙，論盡俠義精神的情節，實在令人嘆為觀止！

細看金庸小說，確實可以從中領略到「俠之大者」做人的道理。

藉查良鏞先生百年誕辰紀念之際，本人謹祝《笑傲任我行　細看金庸學做人》大作暢銷大賣！

代序五　徐小明

著名媒體人

認識美濤的日子不算長，但她給人的印象是勤奮、不計較、做事認真，一臉歡容的姑娘。我們年齡雖然有一大段距離，但卻有一個共同愛好，就是武俠小說，而且都是金庸迷。

喜歡金庸小說的格局寬宏，結構精密，人物浩繁而不紊亂、性格鮮明而多變。看過金庸小說，你會覺得，身邊的親朋戚友總有一個或多個，恰如書中人物，這就是金庸小說的迷人之處。

聰明的美濤，能準確地把握這些人物特點，切入人生，又準確地在「金庸先生百年誕辰」，做出了一部誠意之作，節錄小說中的人物和對白，令讀者感悟自己，又可印證周邊人和事，令人重溫耳熟能詳的金庸金句，成為你的座右銘，簡單直接地使你進入金學世界。

在此祝願《笑傲任我行　細看金庸學做人》一紙風行，再版又再版！

前言

人置身這大時代 投入幾番競技賽

文：韋迪

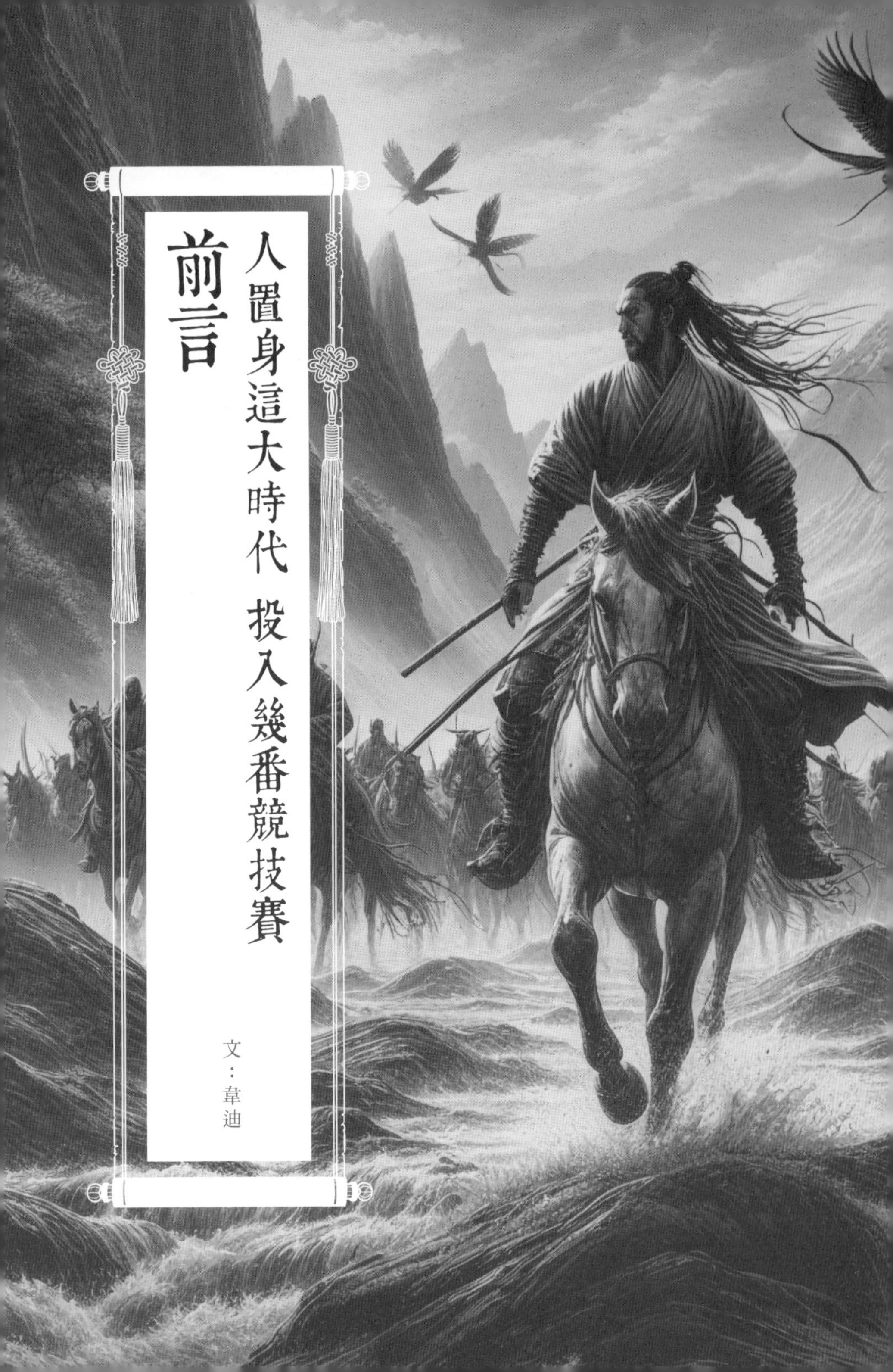

速讀金庸筆下的武林

文：韋迪

金庸的武俠小說多年來魅力不減。他筆下的幫派、人物、武功，和種種扣人心弦的恩怨情仇，交織出一個情義的江湖，一個有血有淚的武林，一個如幻似真的平行宇宙。

本書將引述，金庸小說的人物關係、愛情故事，組織建立及營運等作借鏡，論述小說內容人物事情關係的複雜性，比對現實世界的情況，借古鑑今，希望可以啟發讀者應對複雜的人際關係。

跨越千年的江湖

金庸小說情節雖為虛構，卻大多擁有歷史背景，以歷史時間軸劃分，可以從《天龍八部》開始，接著是《射鵰英雄傳》、《神鵰俠侶》、《倚天屠龍記》、《笑傲江湖》、《碧血劍》、《鹿鼎記》、《書劍恩仇錄》。從北宋講到清朝乾隆年間，書中提到的武功秘笈、人物關係，都有一定的因果關係，儼然形成了一個「金庸武俠元宇宙」。至於《雪山飛狐》、《飛狐外傳》以及《連城訣》等三部作品，其歷史背景只是輕輕帶過。

先簡介《天龍八部》，情節集中在北宋時期，歷史背景上相當複雜，篇幅也是所有作品中較為長的。故事發展在大理國王子段譽、丐幫幫主喬峰、虛竹和尚三人身上。段譽是大理國「鎮南王」段正淳的兒子；喬峰是丐幫幫主，以「降龍廿八掌」威震武林，並去繁取精，減去十掌，造就了後來《射鵰英雄傳》的「降龍十八掌」；虛竹原為少林寺弟子，後來得逍遙派高手真傳，成為逍遙派掌門。

射鵰三部曲

「靖康之難」後，北宋滅亡，宋皇室南下稱帝，史稱「南宋」。《射鵰英雄傳》開場，以全真教道士丘處機，刺殺私通金人的奸臣王道乾，為全書開端。丘處機機緣巧合下，結識忠肝義膽的郭嘯天，及北宋名將楊家將之後楊鐵心這對結拜兄弟。金國王爺完顏洪烈，帶領金國殺手追捕丘處機時，巧遇楊鐵心的妻子，迷戀她的美色，所以勾結南宋官府，迫害郭、楊兩家，郭嘯天被殺、楊鐵心下落不明。後來楊的妻子成為金國王妃後，生下楊鐵心骨肉楊康；郭的妻子一路飄泊到蒙古，生下郭靖。

《射鵰英雄傳》的主要故事發展，便環繞著「誰稱得上大英雄」及「誰才是天下無敵」。郭靖在蒙古長大後，南下中原跟楊康比武，途中邂逅黃蓉成為情侶。郭靖擅長降龍十八掌、空明拳、左右互搏，也練成了《九陰真經》；黃蓉是「東邪」黃藥師的獨生女、「北丐」洪七公的徒弟，後來接替洪七公成為丐幫幫主，同時也是丐幫首位女幫主，擅長九陰真經、打狗棒法。

《神鵰俠侶》接續《射鵰英雄傳》的故事發展，但講述男女間情愛的故事著墨較重，小說中提及「問世間情為何物，直教人生死相許」點出愛情的無奈及真諦，直到現在仍然是男女間經常談論的話句，可算經典中的經典。

故事主角楊過之子楊過被郭靖、黃蓉收養，之後被郭靖送到全真教學武。但楊過在全真教吃盡苦頭，逃出全真教，被生活在活死人墓中的小龍女收留，後來更由師徒關係發展為情侶。師徒兩人的愛情不被世俗所容。隨後蒙古軍入侵南宋，建立元朝。楊過攜小龍女歸隱。

在抵抗元軍的過程中，郭靖、黃蓉殉國，兩人的幼女郭襄，後來出家，創立峨嵋派。

《倚天屠龍記》故事重點在「倚天劍」和「屠龍刀」上，武林中人爭奪這兩件寶物。刀劍是由郭靖、黃蓉製成的，內藏「九陰真經」、「降龍十八掌」及兵法「武穆遺書」的所在地圖。原意是想得刀劍者為大宋復國，驅逐元兵！可惜事與願違，大家只求得到「武林至尊」稱號。男主角張無忌為明教教主，習得「九陽神功」、「乾坤大挪移心法」及「聖火令神功」三大絕學，與峨嵋派滅絕師太的徒弟周芷若有婚約，但被趙敏奪愛，張無忌卸下明教教主職務後，與趙敏歸隱。

「笑」到最後泯恩仇

《笑傲江湖》故事背景應是在明朝，講述五嶽劍派跟日月神教的恩怨。《笑傲江湖》男主角令狐沖的絕學「獨孤九劍」，是由《神鵰俠侶》中提到的獨孤求敗所創；日月神教教主任我行的「吸星大法」，應該源自《天龍八部》中的「北冥神功」。在情節上，《笑傲江湖》自成一個門派鬥爭的故事，奪權、陰謀、攻心計等圍繞著正邪角色交錯的設定。

然後是《碧血劍》，講述明朝末年，大將軍袁崇煥之子袁承志的故事，重點在於國仇家恨，最後因為陳圓圓，吳三桂引清兵入關，明朝滅亡。

接著《鹿鼎記》故事發生在清初，少年康熙期間。主角韋小寶憑着機靈小巧的心思，往往逢凶化吉，又結交大量位高權重及武功高強朋友。雖然跟清朝皇帝做朋友，但又跟清朝對頭天地會扯上關係，左右逢源，盡顯「世界仔」特質，跟以往小說英雄人物性格差別較大，亦受近代讀者喜愛作品之一。

歷史時間軸的最後，是金庸的第一部小說《書劍恩仇錄》，故事發生在清朝乾隆年間，當時反清復明的聲音仍然很大，《書劍恩仇錄》便是以反清的「紅花會」為主。乾隆原為漢人，幼時被當時是皇子的「雍正」，以女嬰換走，並繼承皇位。乾隆的真正身份，卻是「紅花會」總舵主陳家洛的親哥哥，後來陳家洛邂逅香香公主，但乾隆亦戀上香香公主為妃，隨後香香公主自殺，陳家洛感慨愛人慘死及心情悲痛，與紅花會群雄退隱江湖。

愛情人際篇

第一章　情感有若行李　仍然沉重待我整理

文：陳美濤

趙敏：張無忌是唯一出路

文：陳美濤

《倚天屠龍記》四個女角色，小昭去了波斯，殷離假死，皆已出局。剩下趙敏和周芷若，為何張無忌會選擇趙敏？其實，張無忌對周芷若，是從來都沒有感覺的。有讀者會說，不對，張無忌對周芷若也很好，只是喜歡趙敏多一點而已。

張無忌情動時，是怎麼樣的？參考資料是初戀朱九真，表現包括臉紅、手腳發抖、幾乎要暈倒、不由自主，是一種被美色迷惑的狀態。後來他面對趙敏，反應也差不多，都是經常被趙敏吸引，意亂情迷，渴望少許肌膚之親，再用理智忍著不幹。

用數據分析，黃易常常寫「虎軀一震」，金庸也有「心中一蕩」，例如令狐沖就常常「心中一蕩」，對象包括任盈盈和小師妹，十分公平。《倚天屠龍記》全書，張無忌心中一共蕩了六次，有五次是因趙敏而起的，還有一次……不要猜，多半會猜錯的。因為正確答案是，和波斯三使決鬥時，聽到聖火令相擊的噪音，張無忌心中一蕩，被敵人騷擾，打了一頓。

至於面對周芷若，張無忌不斷發誓、承諾不會變心、解釋自己和趙敏的瓜葛，不停安撫周芷若。這種缺乏安全感的女人，實在令人疲累。張無忌亦發展出一種面對周芷若的套路：不談感情，談實際。

兩人最幸福的一幕，在荒島訂情時，張無忌是這樣說的：

「芷若，你才真正是我永遠永遠的親人。你一直待我很好。日後咱們倘若得能回歸中原，你會幫我提防奸滑小人。有了你這個賢內助，我會少上很多當了。」

《倚天屠龍記》第三十一回〈刀劍齊失人云亡〉

不是說我有多喜歡你，而是說，你對我很有用，我當然不會離開你。試想想，如果張無忌對楊逍說：「楊左使，你才真正是我永遠永遠的親人。你會幫我提防奸滑小人。有了你這個好幫手，我會少上很多當了。」完全沒有違和感！所以，張無忌對周芷若，似乎沒有動情，而是十分敬重，派一派好人卡。至於他對周芷若好，他也經常為兄弟拚命嘛，只是，那些不是愛情。

至於趙敏為了張無忌，背叛自己的國家，這個抉擇也沒有想像中那麼難。趙敏第一次和張無忌相遇，是蒙古兵搶了一些漢人女人，趙敏命令手下救人。手下說：

「天下盜賊四起，都是你們這班不恤百姓的官兵鬧出來的，乘早規矩些罷。」

《倚天屠龍記》第二十三回〈靈芙醉客綠柳莊〉

這就證明，趙敏不贊同元朝的暴行，她也覺得這個統治方法有問題。

另一個問題是，趙敏只是郡主，她的父親不是皇帝，而是汝陽王。書中這樣描述汝陽王的情況：

「汝陽王善能用兵，韃子皇帝偏生處處防他，事事掣肘，生怕他立功太大，搶了他的皇位，因此不斷削減他兵權。」

《倚天屠龍記》第三十四回〈新婦素手裂紅裳〉

所以趙敏父親的形勢也不太好。元朝殘暴、各地也有起義、皇帝猜忌她的父親，這些事趙敏全部都知道，並且有不滿。但這是她的國家，她無可奈何，只可繼續為國效力。在趙敏心中，是有矛盾和不滿意的。

就在這個矛盾的時候，張無忌給趙敏提供了另一條出路。愛情當然很重要，但對趙敏而言，背叛父親和哥哥確有掙扎；決定背叛國家，可能只是順水推舟。

錦囊

做決定時，應多方面作考慮，切勿戀愛腦，純粹因為愛情而作出重要決定。

岳靈珊：我爸是偶像

文：陳美濤

讀《笑傲江湖》，大家都覺得小師妹沒有眼光，沒有選令狐沖，偏偏選擇了林平之。令狐沖曾經說：

「小師妹崇仰我師父，她喜歡的男子，要像她爹爹那樣端莊嚴肅，沉默寡言。我只是她的游伴，她從來……從來不尊重我。」

《笑傲江湖》第三十六回〈傷逝〉

這句話是真的嗎？那麼小師妹為什麼會喜歡林平之？

故事開始沒多久，林平之要去救父母，中途十分饑餓，身無分文，看見一棵龍眼樹。走到樹下，伸手便要去折，隨即心想：

「這些龍眼是有主之物，不告而取，便是作賊。林家三代幹的是保護身家財產的行當，一直和綠林盜賊作對，我怎麼能作盜賊勾當……大丈夫須當立定腳跟做人，寧做乞兒，不作盜賊。」

《笑傲江湖》第二回〈聆秘〉

同樣地，令狐沖失血過多，需要喝水。

令狐沖道：「我見來路之上，左首田裡種有許多西瓜。你去摘幾個來吧。」儀琳道：「好。」站起身來，一摸身邊，一文也無……令狐沖笑道：「買什麼？順手摘來便是。左近又無人家，種西瓜的人一定住得很遠，卻向誰買去？」

《笑傲江湖》第五回〈治傷〉

為什麼大家都會遇到危難，需要偷水果來吃？明顯地，金庸先生有意將林平之和令狐沖作對比，在練《辟邪劍法》前，林平之比令狐沖有原則。令狐沖不拘小節，別以為這是褒義詞，「不拘小節」對女人而言，十分要命。令狐沖口甜舌滑，常常對著美女說好話，對著藍鳳凰叫「好妹子、乖妹子」，哪怕小師妹在場。而藍鳳凰挑釁華山派，問誰敢喝她的酒，林平之說「我敢喝」，但岳靈珊阻止，他就不喝了。

如果只看表面，令狐沖絕對像拈花惹草的花心男。林平之則是老實人，即使是自宮前，都沒有對小師妹以外的任何女人產生興趣。就算有女人要略為接近他，岳靈珊說一句，他就會保持距離。雖然令狐沖內心是君子，但有多少人能看清內心？何況是一個十多歲、沒有讀過《笑傲江湖》的少女。

除了口甜舌滑外，令狐沖還沒有上進心。明明武功尚可，只顧遊玩喝酒，不思光大華山派，還與邪派交往，小師妹又對邪派十分不滿。而林平之幾乎是岳不群的化身，一本正經，有目標有理想，至少表面上是這樣的。小師妹選擇林平之，某程度上也是「戀父情意結」的表現。大家會覺得小師妹的選擇出錯，可能也受了影視作品的影響，林平之的演員都是年輕帥哥，反而以為他是口甜舌滑的一方，沒法感受到他是岳不群的化身。

有趣的是，任盈盈喜歡令狐沖，原因剛好相反，是一種「不戀父情意結」的表現。那時東方不敗不理會日月神教事務，正是奪權的大好時機，聖姑任盈盈在做什麼？她在綠竹巷吹蕭。雖然任我行出獄後，任盈盈也幫了他的忙，但任我行一死，任盈盈接任教主，也沒興趣一統江湖，證明她不太嚮往權力。

但任盈盈的父親偏偏是野心家，她的價值觀和父親截然不同。父親的江湖是地盤，我的江湖是遊樂場。於是她選擇了完全沒有野心的令狐沖，一起笑傲江湖。可能父親對女兒的擇偶，真的很有影響呢。

錦囊

選擇價值觀相同的伴侶，人生就走少一半的彎路。

王語嫣：美女愛瘋子

文：陳美濤

《天龍八部》新修版，有一個重要的改動，王語嫣本來和段譽終成眷屬，新修版就改成，王語嫣和段譽分開了，跟隨著瘋了的慕容復。為什麼會有這樣的改動？王語嫣看起來很功利、很涼薄，她一直喜歡慕容復，對段譽只有利用，但慕容復想娶西夏公主，王語嫣就馬上移情別戀段譽。這麼現實的女人，怎麼不跟段譽回大理做王后？即使段譽後來不喜歡王語嫣了，以王語嫣的美貌，嫁個權貴、武林高手也輕而易舉，不用跟著一個瘋子吧？

我認為，王語嫣有一種家族遺傳的感情問題，注定她不能過正常的感情生活。她的外公無崖子，娶了李秋水，心裡喜歡李秋水的妹妹。正常男人會怎樣做？一是死心，好好地和自己的老婆過日子；一是離婚，不顧一切地去追求愛情；再不然一邊和老婆一起，心裡默默想著心上人，這生恐怕會念念你不放。無崖子呢？他打造了心上人的玉像，從此天天看著玉像，氣得老婆出軌，還差點謀殺親夫。

王語嫣的母親王夫人，與段正淳有一段情，生下了王語嫣，但段正淳已經結婚了，拋棄了她。段正淳這麼花心，其他女人怎麼做？像秦紅棉一樣，默默撫養女兒；或是像甘寶寶一樣，嫁給別的男人。王夫人呢？她專門派人殺大理國人，或者姓段的人，甚至逼男人離婚娶二奶。重點是，無崖子和王夫人，面對感情問題，他們都不是嘗試去面對問題，而是選擇一樣並無關係的東西，作為感情寄託，造成更多問題。無崖子愛玉像，王夫人愛逼其他陌生男人離婚。

王語嫣呢？她知道，慕容復想娶西夏公主，她馬上就跳井自殺。不奇怪嗎？且不論慕容復只是想利用公主去復國，不是真的移情別戀。且說，慕容復根本未成功娶到公主，八字還沒一撇，你就趕忙去自殺？很多女人都想嫁給彭于晏，她們想而已，難道她們的老公都要自殺？先看看情況嘛。

所以，金庸先生改版時，意識到這個破綻。王語嫣聽見慕容復想娶公主，注意，慕容復

是想娶她做妃子的，她也無法接受，馬上自殺。她不願意和別人共侍一夫。那麼她怎麼會接受，和鍾靈、木婉清那些人，一起嫁給段譽？

其實，無論王語嫣和段譽，抑或慕容復在一起，都很難幸福。因為她不懂得解決感情問題，瘋了的慕容復，才是王語嫣最好的對象，是一個不懂得反抗的感情寄託，就像無崖子的玉像、王夫人殺其他男人，這家人對愛情的癖好，實在是一脈相承。

錦囊

感情一定會發生問題，不去解決問題，就會造成更大的問題。

張無忌：撩女仔的本性

文：陳美濤

大家很容易覺得，張無忌天性喜歡挑逗女孩子，剛剛認識長大後的蛛兒，就說笑：「死在姑娘玉手之下，做鬼也是快活。」與趙敏一同被困，就撩人家的腳底。與剛剛認識的女生，一點距離感都沒有，天生的渣男。

但仔細想想，張無忌是否只對女人這樣？他對男人也是這樣的，話說張無忌中了寒毒，危在旦夕，胡青牛因為好奇而試著救他，用針刺他的帶脈。正常人這時候會怎樣想、怎麼做？想討好醫生，希望醫生會努力救自己，心中忐忑不安，不知道能不能解毒……張無忌怎麼想？啊，針灸有點無聊，說說話吧。

張無忌道：「人身上這個帶脈，可算是最為古怪的了。胡先生，你知不知道有些人是沒有帶脈的？」胡青牛一怔，道：「瞎說！怎能沒有帶脈？」張無忌原是信口胡吹，說道：「天下之大，無奇不有。何況這帶脈我看也沒多大用處。」

生死關頭，和醫生亂說關於醫術的事。這也罷了，張無忌對著敵人，也是這樣的。光明頂上，張無忌遇上西華子，西華子曾經言語侮辱過他的媽媽殷素素。正常人會怎麼做？一是不介意，一是很憤怒，狠狠打對方一頓。張無忌的反應是，作弄西華子！踩著西華子的劍再鬆腳，讓他一屁股跌坐在地上，再點了他的穴道，讓他站在路中心，自己在旁邊和其他人打架。

《倚天屠龍記》第十二章〈針其膚兮藥其肓〉

「只聽得四周笑聲大作。西華子猶似泥塑木雕般站在當地，張無忌在他身側鑽來躍去。」

《倚天屠龍記》第二十一章〈排難解紛當六強〉

想像一下，如果西華子不是一個討厭的男人，而是一個美女，經此一役，已經足夠令她又羞又惱，漸漸轉化成又愛又恨，最終成為無忌后宮團的一員。

張無忌的本質是，無論在什麼情況下，只要有一點空隙，他就會和對方玩，不論你是男是女，是自己人還是敵人。當然，大家只留意他和美女玩的部份，因為你們都喜歡和美女玩，不喜歡同男人玩。

為什麼會有這種性格？因為張無忌的成長環境非常特殊，他在冰火島長大，身邊只有父母和義父三個人，他的世界完全沒有「陌生人」這個概念，不會有同學、不會有保安，不會有討厭的三姑六婆。所以他不知道，和陌生人、剛剛認識的人是怎樣相處的，他只有一種相處方式：大家一起玩。哪怕張無忌離開冰火島後，遇到人間險惡，有人罵他、想殺他，出於生存的本能，他知道要反抗要逃跑，但一旦稍微放鬆，他又會回到「一起玩」的狀態了。

錦囊

有些男人不是花心，只是沒有「邊界感」，無論做什麼，都像在追女仔。

段正淳：吸引女人的秘密武功

文：陳美濤

段正淳為何能讓這麼多美女死心塌地，有很多分析，但多數是一般花心男人能做到的事。有什麼蛛絲馬跡，顯出他與眾不同？這是由木婉清說出來的。

木婉清道：「我師父說，這套掌法她決不傳人，日後要帶進棺材裡去。」

「不過師父當我不在面前之時，時常獨個兒練，我暗中卻瞧得多了。」

「師父每次練了這套掌法，便要發脾氣罵我。」

什麼武功，是秦紅棉要獨自練習，練完就發脾氣，卻不可以傳給唯一的女兒？正是段正淳的五羅輕煙掌，這套掌法從來沒有在實戰中出現過，段正淳展示時是這樣的：

忽地左掌向後斜劈，颼的一聲輕響，身後一枝紅燭隨掌風而滅，跟著右掌向後斜劈，又一枝紅燭陡然熄滅。如此連出五掌，劈熄了五枝紅燭，眼光始終向前，出掌卻如行雲流水，瀟灑之極。

《天龍八部》第七回〈無計悔多情〉

這套掌法只能往後斜劈，使用時「眼光始終向前」，你要對付的，到底是不是一個敵人？比如說，洞房花燭夜，你抱著一個美女，浪漫甜蜜，已經在床上纏綿了。突然，美女說：「哎呀，你還沒有吹蠟燭。」你屁顛顛地爬下床，去吹熄蠟燭，有點影響氣氛。段正淳可不一樣，他研究了一套「五羅輕煙掌」，向後斜劈，紅燭就會熄滅，還能一直看著你，來一個深情一吻。

還有「五羅」，「五羅」是羅裳、羅衫、羅襦、羅裙、羅襪，是古代女性身上穿的全身衣物，即是一邊脫衣服，一邊劈熄蠟燭。如何吹熄蠟燭這件事，其實不重要，最多略微影響氣氛，但在那個情況下，是不會影響你繼續洞房的。不過，段正淳就是不容許，他和女人相處時的氣氛，受到一絲一毫的干擾。所以他為此特地研發了一套武功，還要把這套武功練得「行雲流水，瀟灑之極」。

大家可以想像，段正淳對於男女相處的其他所有細節，都已經鑽研得出神入化了。既然有這樣的一套武功，段正淳當然不滿足於一個女人，總要令每個女人都念念不忘，才對得起他的努力。

錦囊

女人總希望男人為自己努力，但當男人竭盡全力，就像用功練了六塊腹肌，多少人會只為了一個女觀眾？

喬峰：爲什麼單身多年？

文：陳美濤

古往今來，女人都喜歡厲害的男人。喬峰是天下第一高手，人人都知道「北喬峰，南慕容」，身份是天下第一大幫的幫主，但沒有女朋友。正常來說，女人應該主動追他嘛，為什麼喬峰出場時已經三十歲，卻沒有女朋友？

其實，喬峰是一個超級直男，他不能理解美女對他的暗示。阿朱受了傷，和喬峰在客棧裡，阿朱睡不著，對喬峰說：「我小時候睡不著，我媽便在我床邊唱歌兒給我聽。只要唱得三支歌，我便睡熟啦。」分明是讓你唱歌哄她，還要床邊唱歌，孤男寡女。結果，喬峰微笑道：「這會兒去找你媽媽，可不容易。」

阿朱治好傷勢後，和喬峰重逢，情不自禁地抱著喬峰，忽然想到自己是伏在一個男子的懷中，臉上一紅，退開兩步，滿臉飛紅，突然間反身疾奔，轉到了樹後。被擁抱過的喬峰卻

問：「阿朱，你有什麼難言之隱，儘管跟我說好了。咱倆是患難之交，同生共死過來的，還能有什麼顧忌？」阿朱說：「沒有。」喬峰伸指去搭她脈搏問：「怎麼？還有甚麼不舒服麼？」

後來喬峰誤會，阿朱易容假扮成自己，殺了他的父母和玄苦大師，阿朱解釋後，喬峰道歉。阿朱就輕輕靠在他身上，說：「喬大爺，不管你對我怎樣，我這一生一世，永遠不會怪你的。」一個美女靠在你身上，說一生一世都不會怪你。喬峰的反應是：「我雖救過你，那也不必放在心上。」然後喬峰想到另一件事：「阿朱，你這喬裝易容之術，是誰傳給你的？」

話說在阿朱死後，阿紫發脾氣，喬峰想：「倘若（阿朱）突然發惱，轉身而去，我當然立刻便追趕前去，好好地賠個不是……唉，阿朱對我柔順體貼，又怎會向我生氣？」我只想告訴喬幫主，這世上的女人無論有多麼溫柔體貼，沒有哪個是不會向男人生氣的。

所以，依照喬峰對女人的不理解，若不是他救了阿朱，然後阿朱一直對他主動，追到雁門關外，千里奔波，將冰山劈開，他是永遠都不會有女朋友的。馬夫人因為喬峰沒有欣賞她的美貌，一心對付喬峰，也導致自己的死亡。只能說，馬夫人誤會了，喬峰不欣賞你，不是因為你不夠美麗，而是他本來就不懂得欣賞女人。要打動喬峰，美貌、身材、溫柔都沒用，必須要同生共死，長時間展現你正面的人格，用女人的皮囊去做兄弟的事，得手後還要忍受他對女人的各種誤解，例如他以為，女人是不會發脾氣的。

錦囊

有些男人就是不了解女人，無論你怎麼循循善誘，他依然不解風情，不如發掘他的其他優點，學會欣賞他。

黃藥師：爲什麼郭靖不是好女婿？

文：陳美濤

歐陽克和郭靖一同在桃花島求親時，黃藥師初時完全是偏向歐陽克的。不少讀者問，即使黃藥師不知道歐陽克是強姦犯，他也是「西毒」歐陽鋒的侄子，怎麼說都是邪派；郭靖老實又正派，為何黃藥師不喜歡他做女婿？我們單單說黃藥師行事飄忽，不足以解釋這件事。

其實，黃藥師眼中的郭靖，和大家眼中的郭靖，完全不一樣。黃藥師第一次見郭靖，郭靖正在和梅超風對打，還用無聲掌欺負眼盲的梅超風。黃蓉失蹤多時，黃藥師肯定有些擔心，卻見黃蓉與郭靖神態親密。而且，黃藥師還知道，郭靖六歲時殺了陳玄風，黃藥師說：「我的弟子陳玄風是你殺的？你本事可不小哇！」已經很不滿意。

郭靖上桃花島後，展現武功時，情急之下，用了摔跤功夫。歐陽鋒一眼就看出來了，對洪七公說：「你這位高徒武功好雜，連蒙古人的摔跤玩意兒也用上了。」洪七公笑道：「這個連我也不會，可不是我教的。」歐陽鋒能看出來，黃藥師在場，雖然沒有作聲，應該也能看出來，郭靖勾結外國勢力。而且，郭靖還拜了洪七公為師。黃藥師也忍不住說：「洪老叫化素來不肯收弟子，卻把最得意的降龍十八掌傳給了你十五掌，你必有過人的長處了。要不然，總是你花言巧語，哄得老叫化喜歡了你。」

綜合以上資訊，黃藥師眼中的郭靖，六歲就殺了我的徒弟，長大後先拐走我的女兒，再欺負我盲眼的徒弟。

江湖關係上，郭靖和蒙古關係匪淺，偏偏這個蒙古華僑，既拜了江南七怪為師；還哄得從不收徒的洪七公，收他為徒；全真教和他關係很好。不單如此，郭靖剛上桃花島，就哄得和黃藥師作對十多年的周伯通，和他結拜為兄弟。雖然黃藥師常常說郭靖愚蠢可厭，但一個社會關係如此複雜，總是能哄老前輩付出好處的男孩子，偏偏有一副愚蠢的模樣，你敢不敢把女兒嫁給他？

書中有一段，洪七公說起「中神通」王重陽，

黃蓉道：「中神通是誰呀？」洪七公道：「你爹爹沒跟你說過麼？」黃蓉道：「沒有，我爹爹說，武林中壞事多，好事少，女孩兒家聽了無益，因此他很少跟我說。」

《射鵰英雄傳》第十二回〈亢龍有悔〉

從這段話中可見，黃藥師雖是「東邪」，但他教育女兒的態度，和傳統父母差不多，希望女兒不要知道太多人間險惡，平平穩穩地生活就好了。歐陽克作為女婿候選人，門當戶對，知根知底，人生軌跡一目了然，最多有點好色、狡猾，和郭靖這種「看起來很笨，但六歲就能殺死武林高手，長大後不知道為什麼，那麼多武林前輩喜歡他，還和蒙古關係非淺」的人相比，如果我是黃藥師，我只看到四個字「深不見底」，如果是你，你想把女兒嫁給誰？

錦囊

同一個人，在不同對象眼中，就有不同的形象。再好的人，也有人認為是壞人。

華箏：爲什麼郭靖不是好老公？

文：陳美濤

郭靖和華箏青梅竹馬，為什麼郭靖不愛華箏，反而愛上相識不久的黃蓉？哪怕在黃蓉出現前，郭靖對華箏也沒有曖昧。

始終，郭靖比較遲熟。他對於男女關係還未開竅，像我們讀小學時，男生和男生玩，女生和女生玩，最親近的人幾乎都是同性。離開蒙古時，郭靖最好的朋友仍是拖雷，而不是頗為貌美的華箏。剛好黃蓉第一次出場，是女扮男裝，以兄弟的身份，得到郭靖的好感，這只是第一步。

之後的事，就與兩女的不同做法有關。華箏雖然喜歡郭靖，但她真的不懂得表達。她每次開口，總是嘲諷郭靖。郭靖說：「我在跟師父拆招。」華箏取笑他：「什麼拆招？是挨揍！」偶爾問他：「郭靖，又給師父打了嗎？我就愛瞧你挨打！」哪怕關心郭靖時，拿帕子給他抹

汗，也是把帕子擲過去的。書中形容她「脾氣極大」，他們「動不動便要吵架」。

黃蓉呢？兩人第一次見面，郭靖「本來口齒笨拙，不善言辭，可是這時竟說得滔滔不絕」，「竟是感到了生平未有之喜」。黃蓉「聽得津津有味」，還會拍手大笑，真的和郭靖投契。後來黃蓉時時讚美郭靖，翻牆時也誇他：「你的輕身功夫好得很啊！」總是令郭靖覺得自己被肯定。

為什麼兩個女生，對待心上人的態度截然不同？有讀者認為，華箏是公主，被寵壞了，所以刁蠻任性。我覺得這個原因可能存在，但黃蓉也不會遜色多少，她在桃花島長大，也像公主一樣。而且她美貌機智，郭靖那時武功平平又不伶俐，黃蓉沒有必要討好郭靖。唯一的解釋是，黃蓉真心覺得郭靖很優秀，從來不覺得自己選了個傻小子。書中有一段，穆念慈問黃蓉：

「妹子，你心中已有了郭世兄，將來就算遇到比他人品再好千倍萬倍的人，也不能再移愛旁人，是不是？」黃蓉點頭道：「那自然，不過不會有比他更好的人。」

《射鵰英雄傳》第十二回〈亢龍有悔〉

華箏喜歡郭靖，但她從來都不清楚，自己喜歡郭靖的什麼，沒法真心讚美，只能用嘲諷，甚至是刁難的方式，企圖引起郭靖的注意。話說台灣偶像劇經常有這種情節，男女主角不是冤家不聚頭，常常爭吵，後來漸漸被對方吸引。看來金庸先生認為，這種方法是不可行的，所以華箏把郭靖愈推愈遠。

錦囊

有句說話叫「情不知所起，一往而深」，很多時感情的萌芽，未必知道自己喜歡對方的什麼特點，但要長久地維持一段關係，互相欣賞是必不可少的。

公孫止：爲什麼娶不了小龍女？

文：陳美濤

小龍女練內功走火入魔，奄奄一息，被公孫止所救，用家傳靈藥助她調養。公孫谷主失偶已久，見小龍女秀麗嬌美，實為生平難以想像，不由得在救人的心意上又加上了十倍殷勤。

《神鵰俠侶》第十七回〈絕情幽谷〉

公孫止好色，小龍女美貌動人，又以毫無反抗能力的狀態，在絕情谷住了幾天，被公孫止貼身照顧，兩個人真的什麼都沒有發生嗎？公孫止的自制力會比甄志丙（舊版尹志平）強嗎？這些都是猜測，但在五十年代連載版《神鵰》中：

（小龍女）與他相處數日之後，覺他氣度沉穆，識見淵博，實不似個鄉居孤陋之士，兼之文武全才，也不禁微感傾心，暗想陪著他過一輩子，也就是了。

《神鵰俠侶》（舊版）第四十九回〈一往情深〉

小龍女對公孫止「微感傾心」，算是精神出軌了吧。

我們作為讀者，總覺得小龍女一定是和楊過在一起的，但站在小龍女的角度，和初戀分手了，心如刀割。這時候有一個文武雙全、有樓有車有絕情谷，又十分迷戀自己的男人，救了自己，考慮嫁給他，也是情理之內。

最有趣的是，絕情谷招呼客人在絕情谷休息時，「地上冷冰冰的就是一塊石板，別說被褥，連草席蒲團之類也沒半件」、「門中所習的功夫極重克己節欲，近乎禪門，各人相見都是冷冰冰的不動聲色」，金輪法王、周伯通他們「只覺這谷中一切，全是十分的不近人情」。

沒有高床軟枕，心法要克己節欲，會令你想起什麼？分明是古墓派嘛。旁人看起來不近人情，但小龍女生活在這裡，一定如魚得水。而且她和楊過的矛盾，有一部份來自於楊過愛好自由，小龍女卻想留在古墓。嫁給公孫止就沒有這個問題，絕情谷就是一個人多勢眾版的古墓派。

大家可能會說，公孫止陰險毒辣，把原配裘千尺丟進鱷魚潭。但公孫止出場時，沒有人知道這件事嘛。小龍女眼中的公孫止，是風度翩翩，文武雙全。可惜，影視選擇演員時，總是選擇一些惡形惡相的演員，把公孫止演得好色猥瑣，最令我深刻的是許紹雄。你能想像風度翩翩的許紹雄嗎？當然沒可能。

也許，金庸先生一開始構思公孫止這個角色，是把他設定為「比楊過更適合小龍女」的男人，要選擇你愛的人，抑或適合你的人？本來就是女人的一大難題。可是，支持楊過和小龍女的人太多了，只好把公孫止寫得愈來愈好色狠毒。

錦囊

選擇另一半，不應只追支對方有卓越的成就，兩人投契的程度，反而是更大的決定因素。

李莫愁：爲什麼沒人娶我？

文：陳美濤

李莫愁的故事不算太複雜，被陸展元拋棄，悲憤之下，變成女魔頭，胡亂殺人，別人和她的情敵同姓，她就要殺別人全家。李莫愁是小龍女的師姐，到底她們的師父，是怎樣教出一個魔頭和一個仙女的？而且，她們武功家數相差很遠，小龍女用劍，偶爾用玉蜂針，李莫愁用毒，有毒掌毒針。即使師父不喜歡她，不肯教授《玉女心經》，也沒道理教她向毒的方面發展吧。

其實，金庸一開始設定李莫愁這個人物時，沒打算寫她是古墓派弟子。在五十年代連載版《神鵰》中，李莫愁第一次出場，是五十多歲，說她數十年前被男友拋棄，現在來報復男友的兒子。李莫愁還說過：「我曾經向赤練祖師爺發誓……」赤練祖師爺，一聽就知道是邪派。

後來劇情發展，金庸把她寫成小龍女的師姐，但小龍女才十來歲，和五十歲的李莫愁做

師姐妹，相差三十年，師父是否有點辛苦？但在報紙連載，前面的劇情不能修改，唯有在後面補救，就說李莫愁年輕時，曾經被歐陽鋒擄走，五毒神掌也是歐陽鋒所授。師父為救李莫愁，創造了玉蜂針和冰魄銀針。至於李莫愁為什麼這麼壞，就是跟歐陽鋒學壞了。

改版後，李莫愁變成三十來歲，報復的對象亦由陸展元的兒子，變成陸展元的弟弟。這配合了小龍女的年紀，但又沒法配合歐陽鋒的年紀了，所以多了一本《五毒祕傳》，說李莫愁從祕笈中學會毒功。

我覺得，「教壞李莫愁」，不一定與歐陽鋒有關，古墓派祖師爺林朝英已經很執著，有了一個目標，寧死不放棄，不會看看森林中還有其他樹。不過，用什麼方法去表達執著，就與本性有關了。

李莫愁雖然是奸角，但她有一個難得的優點：信守承諾。話說陸展元拋棄了她，和新女友結婚，婚禮當天李莫愁當然來鬧事。有個武功高強的高僧阻止了她，逼她答應十年內不可再騷擾陸家。雖然搞不懂高僧為什麼不說久一點，總之李莫愁非常守信，十年期剛滿，馬上去殺了陸家全家。這時候，當事人陸展元已經病死，情敵亦殉情了。

這十年裡，李莫愁對這段感情耿耿於懷，聽見情敵的名字也會殺人，但她偏偏為了一個被逼許下的承諾，忍受陸展元和情敵朝夕相對，高僧也不能時時刻刻守著陸展元吧，李莫愁也沒有去搞暗殺。

說起來，這種價值觀相當詭異，可以殺無辜的人，卻不可不守承諾。這樣說來，似乎明白她為什麼這麼痛恨陸展元，因為陸展元說過「為你我死一千次一萬遭也沒半點後悔」，卻沒有守信。

錦囊

哪一句是承諾，哪一句是甜言蜜語，女人真的要分辨清楚。強行把自己的價值觀套在別人身上，通常都沒有好結果。

胡斐：爲什麼不愛程靈素？

文：陳美濤

很多讀者覺得，胡斐是倒楣的男主角。男主角通常也能抱得美人歸，胡斐最後卻孑然一身，是不是因為他沒有選程靈素？其實，他單身的命運，與他有沒有愛上袁紫衣無關，故事一開始就注定了。

胡斐主要的故事記載在《飛狐外傳》中，由他的少年時代說起，有袁紫衣和程靈素。但金庸先生寫這本書前，已經完成了《雪山飛狐》，有提及胡斐後來的故事，他和苗人鳳有一場決鬥，並且和苗若蘭有感情線。

即是說，《飛狐外傳》開始前，胡斐的結局已經注定了，一來他最後必須是單身，否則他在《雪山飛狐》愛上苗若蘭，就變成了負心漢。所以他在《飛狐外傳》的所有感情線，都一定會失敗。二來胡斐不可以和苗人鳳決鬥，因為這場大決鬥放了在未來的《雪山飛狐》裡。

縱觀《飛狐外傳》，胡斐沒有一場像樣的決鬥，來來去去都是和一堆面目模糊的角色混戰，或是追殺鳳天南，但鳳天南的武功太弱，遠遠不算勢均力敵。雖然他追殺鳳天南是出於俠義，但少了一場大決鬥，也減低了胡斐的魅力。

為何胡斐不愛程靈素？即使他愛上程靈素，後來程靈素死了，依然可以配合《雪山飛狐》的時間線。

首要原因當然是程靈素長得不漂亮，但程靈素本身的性格也很矛盾，她有黃蓉的智慧，卻嚮往雙兒的愛情。

自從程靈素遇到胡斐後，整個人生都改變了，基本上都是為胡斐服務。她沒有「自我」，這一點很像雙兒，但她又不像雙兒般，對韋小寶千依百順。相反程靈素一直指揮胡斐，料事如神。話說胡斐初識程靈素，聽到程靈素用毒的方法，他的感覺是「大起敬畏之心」，胡斐想：「這位靈姑娘聰明才智，勝我十倍，但整日和毒物為伍，總是……心中只隱隱的覺得不妥」。這種心情令胡斐多次對程靈素產生懷疑，例如程靈素說起，她小時候有個姐姐，說她是醜八怪，胡斐的想法是「你別把姐姐毒死了才好」。程靈素醫治苗人鳳，胡斐又怕她下毒手，令讀者都憤怒了，程靈素一心待你，你居然懷疑她？

但是，如果我們站在胡斐的角度，這種懷疑是合理的。他的父親胡一刀義薄雲天，絕不懷疑別人，和敵對的苗人鳳惺惺相惜，結果被人暗算，更是中毒而死，令胡斐變成孤兒，跟著平四顛沛流離。在這種環境中長大，胡斐難免有童年陰影，令他對身邊的人沒那麼信任，也可能特別忌憚用毒的人。

胡斐一來自問沒那麼聰明，二來他對用毒一竅不通，武功多好也沒用，用毒時他就無計可施了。所以胡青牛可以娶王難姑，大家都用化學武器嘛。問題不在於用毒，而是程靈素掌握的遊戲規則，胡斐完全不懂，難免有點忌憚。

在這種忌憚的存在下，除非有壓倒性的美貌令男人沖昏頭腦，才會成事。經典例子是趙敏，霍青桐也是美女，但更美的香香公主出現，就不能成事了。雖然後來胡斐知道程靈素真心待他，不顧一切，但即使理智上不再忌憚，感情上仍是敬佩多、愛慕少。

如程靈素般聰明的女性，怎樣的伴侶，才會完全信任她？武俠小說中有兩種情況，一是自問很笨的男人，例如郭靖，或是令狐沖（他幾乎已經放棄思考）。我不喜歡動腦子，或者我知道自己的智商不夠，也不會有什麼厲害的想法，那我就不介意女友聰明，她愈聰明愈好，什麼都幫我想好了，我不用動腦子就最好了。

二是非常聰明的男人，達到睥睨眾生的境界，例如黃藥師，或是《絕代雙驕》的小魚兒。他們不怕女人聰明，只怕女人不夠聰明，聽不懂他說的話，智慧上沒法交流，反而覺得沒意思。

聰明的女人，最怕高不成、低不就的男人，像胡斐、陳家洛般，各方面都挺優秀的，所以希望能在感情上做主導，但自身的本事又不是最厲害的，因此就不欣賞女伴太聰明了。

黃蓉、趙敏都比男方聰明，男主角也不斷有「她的才智遠勝於我」的感慨，但她們十分主動。例如趙敏要去見謝遜，張無忌拒絕，趙敏就說：「你心中實在捨不得我，不肯讓我去給謝

大俠殺了，是也不是？」分明是進攻型。

所以程靈素長得不漂亮，不但令胡斐沒那麼容易對她心動，更重要的是，她因長得不美而自卑，不會像黃蓉、趙敏般主動，但胡斐也沒法把程靈素當作雙兒。

為什麼很多人都認為，胡斐不喜歡程靈素，是沒有眼光的表現？可能是電影、電視劇都用美女來演程靈素，阿嬌、李嘉欣，以美貌聞名，龔慈恩、文雪兒也絕對是美女，胡斐不選擇她們，觀眾自然覺得胡斐沒有眼光。如果大家看的是一個真真正正的醜女，是否真的可以說出「她待我這麼好，我就會喜歡她」？

錦囊

聰明的女人不一定要扮蠢，但一定要知道，對方是否介意你太聰明。

楊康：選錯另一半就會輸

文：陳美濤

話說金國王爺看上了楊康的母親，把她搶回家，也做了楊康的養父。楊康長大後，親生父親出現，大家都說：「你是漢人啊，不可以認賊作父。」後來親生父母自殺，楊康捨不得王爺父親提供的榮華富貴，做了很多壞事，最後死得很慘。

楊康的設定，一開始就是郭靖的對立面，郭靖敦厚、有點笨、為人忠義，楊康則是輕佻、聰明、貪圖富貴，似乎打算走雙男主角線，一忠一奸。但寫著寫著，他好像被金庸先生遺忘了，兩個人同一條起跑線，只有郭靖向前跑，武功愈來愈強，楊康完全沒有長進，最後居然連一場大決鬥也沒有，楊康就死掉了。

大家都認為，楊康是《射鵰英雄傳》的奸角，那他做過什麼壞事？他真正成功的壞事有三件，一是強姦秦南琴，生下楊過，但改版後已經沒了秦南琴，所以這件壞事也化為烏有；二

是殺歐陽克，且不論動機，歐陽克是奸角，更是淫賊，武俠小說殺淫賊，算是合理的行為，如果換個大俠來殺，說不定是功績；三是和歐陽鋒一起，殺江南五怪，再嫁禍給黃藥師。但楊康只是幫兇，嚴格來說，是沒有太大作用、打醬油的幫兇，就算他沒有參與，歐陽鋒一個人也能殺掉江南五怪。

即是說，楊康當然不是正面角色，但作為奸角，他也只是一個二流奸角。

楊康是聰明人，聰明人很容易做錯決定，他們想走捷徑，想用最快的方法，把事情做到最好，然後就想出很多辦法，愈想愈複雜。郭靖那種人比較簡單，有了目標就去做，做不到就再努力一點，新界那隻牛就是他的榜樣。

是不是說，聰明人一定會輸？其實即使郭靖後期武功較強，楊康仍有一戰之力，畢竟是實力派決戰狡猾派，楊康應該能偶爾用陰謀小勝一場。不公平的地方在於，金庸幫郭靖安裝了黃蓉這個外掛，彌補了智慧上的不足。

楊康的女友是穆念慈，論外表論智慧論家世，穆念慈都比黃蓉差了不止一籌。黃蓉和穆念慈也曾跟洪七公學武功，穆念慈學的是逍遙遊，黃蓉就做了嫡傳弟子，學打狗棒法。最可憐的是，穆念慈根本沒有幫楊康，她的想法和郭靖接近，常常對楊康說，你又做錯什麼什麼事。情況根本不是二打二，而是雙打羽毛球，你的人站在我那邊，但你的行為根本是在幫對手，分明就是三打一。

說到這裡，我真的覺得穆念慈這個角色，是故意這樣設計的，就是要告訴我們，選一個好的另一半有多重要。選錯了對象，即使把心一橫做壞人，也要做一個二流奸角，多可憐。

錦囊

就算你贏在起跑線，選錯了對象，也會輸在終點線。

苗人鳳：溝通的重要性

文：陳美濤

苗人鳳的妻子南蘭與田歸農私奔，大家當然責怪南蘭，另一方面，也說苗人鳳和南蘭不匹配。苗人鳳粗魯貌醜，只懂武功；南蘭是官家小姐，貌美文雅，門不當戶不對。

表面上看，這個結論十分合理。但是，《雪山飛狐》的經典愛侶，胡一刀與胡夫人也是這種配搭，胡一刀粗魯貌醜，胡夫人貌美。據在場的閻基形容，胡一刀是「惡鬼模樣」，他們在一起，就像「貂蟬嫁給了張飛」。雖然胡夫人會武，但他們也不太合襯，為什麼他們愛得生死相隨，苗人鳳則要面對妻子出軌？

我覺得，問題在於溝通。胡一刀初識胡夫人，兩人一同找到寶藏。胡夫人問：「要我還是要寶藏？」胡一刀哈哈大笑：「十萬個寶藏，都及不上你。」胡夫人的心都融化了，胡一刀就此抱得美人歸。婚後，胡夫人誇讚苗人鳳與胡一刀，說：

「這副氣慨，天下就只你們兩人。」

胡一刀哈哈笑道：「妹子，你是女中丈夫，你也算得上一個。」

《雪山飛狐》第四回

任何時候都把握機會，誇讚妻子，愛和欣賞一定要表達出來。

相反，苗人鳳對妻子說什麼？苗人鳳平時沉默寡言，但常常說：「胡大俠得此佳偶，活一日勝過旁人百年。」南蘭聽了，「雖不言語，心中卻甚不快」。其實雙方都有責任，苗人鳳常常誇讚胡夫人，卻從不誇讚自己的妻子，南蘭當然以為他不愛她、不欣賞她。南蘭沒有把這種不滿說出來，溝通一下，所以苗人鳳也不知道自己錯了，愈錯愈多。試想想，如果在現代，你在妻子面前，這樣誇讚其他女人，你一定會遭受懲罰，你馬上就知道自己錯了。

可悲的是，溝通的問題，在一百多年前已經發生過一次。《雪山飛狐》故事的背景，是闖王有胡苗田范四大侍衛。闖王被圍攻，胡侍衛用另一具屍體假扮闖王，李代桃僵。苗田范三人以為胡侍衛賣主求榮，圍攻胡侍衛，胡侍衛身受重傷，然後自殺。他自殺前說：「我雖受重

傷，要殺你們，仍是易如反掌。但你們是我好兄弟，我怎捨得啊！」你說了這麼多話，為什麼不直接說「闖王未死」？

這也罷了，胡侍衛的兒子來找苗田范三人，解釋事情的真相，闖王未死，你們誤會了。苗田范十分愧疚，三人一同自殺。苗田范三家人的後代以為，是胡家用奸計逼死父親。他們再找胡家兒子報仇，從此冤冤相報何時了。

雖然「闖王未死」是祕密，但只要有一個人別急著去死，告訴兒子，胡家是好人，或者立一份遺囑，吩咐後代不要尋仇，四家人就不會傷亡慘重。除了缺乏溝通外，亦牽涉另一個價值觀：大家都深信，死可以解決所有問題。你犯錯了，我去殺你；我發現原來是我錯了，那我就殺了自己，大家死光了，問題就解決了。

遺憾地，苗人鳳雖然打遍天下無敵手，但在溝通方面，仍遺傳了祖先的不足，又釀成了另一場悲劇。

錦囊

無論是愛人、欣賞人，抑或有什麼誤會，一定要清楚表達出來，不要奢望對方會自動領悟，因為通常都會出錯的。

第二章 追蹤一些生活最基本需要

職場管理學

文：陳美濤

令狐沖：華山派的虛假繼承人

文：陳美濤

華山派裡，大家都認為，令狐沖應是岳不群的接班人，一來他是大師兄，武功最高，二來岳靈珊好像會嫁給他。若非林平之、《辟邪劍譜》等意外，令狐沖理應是華山派掌門，真的是這樣嗎？

其實，在一切風波出現前，岳不群已經沒有把令狐沖當作繼承人。故事開始時，令狐沖已經二十七、八歲，在古代應該可以獨當一面了。但令狐沖除了武功外，什麼都不知道。

對內，令狐沖不知道華山派的「劍氣之爭」。他無意中使用劍宗武功，岳不群才不得不提起往事，還告訴了所有弟子。即是說，多年來，令狐沖從來沒有聽說過這麼重要的門派歷史。如果岳不群真的把令狐沖當作繼承人，他們兩夫妻意外橫死，令狐沖繼任掌門，然後劍宗上門，爭奪華山派掌門。令狐沖只可以傻乎乎地問：「哈哈哈，劍宗是什麼？」

也許，岳不群不認為自己會橫死，他打算在臨死前，才提起這些歷史。但令狐沖要行走江湖，也應了解江湖的知識吧。華山派有兩個主要敵人，明裡有日月神教，暗裡有嵩山派。

令狐沖完全不知道日月神教有什麼人，正邪兩方圍攻向問天，已經大喝他的名字。

令狐沖道：「這位是泰山派的師叔麼？在下跟這位向前輩素不相識，只是見你們幾百人圍住了他一人，那算甚麼樣子？五嶽劍派幾時又跟魔教聯手了？正邪雙方一起來對付向前輩一人，豈不教天下英雄笑話？」

《笑傲江湖》第十八回〈聯手〉

向問天是左使，算得上是日月神教三大巨頭。連一個沒有名字的臨時演員，也能說：「這向問天雙手染滿了英雄俠士的鮮血。」令狐沖則完全無聽說過他的名字。而且這種劇情不斷重覆，去梅莊救任我行時，任我行是上一任教主，令狐沖又在想：「這任我行不知是什麼人物？」令狐沖與邪派結交，當然和他的性格有關，但他接受的教育也有問題，他根本不知道對手是什麼人，不斷詢問。

一個合格的掌門人是怎樣的？嵩山派組織了身份隱秘的高手，偷襲恆山派，定閒師太可以叫出他們的名字。掌門人要領導門派，如果沒有對應的知識，還要先問清楚對方的身份，

怎可能及時作出正確的決策。

令狐沖只接受了武功方面的教育，完全沒有通識，更加沒有繼承人的教育。如此說來，有兩種可能，一是岳不群沒打算讓令狐沖繼承華山派，他心目中的接班人，可能尚未出現，也可能是岳靈珊，或是岳靈珊年紀太小，尚未開始繼承人教育。總之，令狐沖只須練好武功，日後做打手，為繼任掌門保駕護航，不用動腦子。

第二個可能性，是岳不群和寧中則根本是怪獸家長，他們沒想過下一代需要通識教育，一味嚷著「用功讀書」；放在武俠世界裡，則是「用心練武」。至於外頭發生什麼事、人心是怎樣的，他自己知道，但你用不著學，總之你努力練武，未來光明一片。不過，當令狐沖因缺乏通識教育而犯錯，照樣是要罰的。

錦囊

教育下一代，不但要書本上的知識，他們也要知道外面是怎樣的、人心有多險惡，日後才可以從容面對這個世界。

左冷禪：五嶽劍派的最佳老闆

文：陳美濤

五嶽劍派聯盟裡，左冷禪是盟主，為何他能做盟主？他的武功厲害，但也未算最強，不過，他的領導才能冠絕《笑傲江湖》。說起來，五嶽劍派大部份掌門，都沒法處理好門派內的關係。

衡山派莫大先生是藝術家，藝術家做生意，只能輸出自己的專業，和派內的其他人彷彿不太熟似的；岳不群和劍宗對立，華山派就是一個「夫妻檔」，家庭工業；泰山派天門道長更可憐，被幾個叛徒害死；恆山派的尼姑十分團結，但她們其實是一間社企，在江湖上名聲不錯，卻沒什麼野心，不太在意企業營利。

嵩山派就不同了，左冷禪有十三個師弟「嵩山十三太保」，都服從左冷禪的命令。這一批有武功、有江湖經驗的人，是嵩山派發展的骨幹，能增強企業的競爭力。除此之外，他還招

攬了一批亡命之徒，諸如「青海一梟」，幫他處理見不得光的事。僱用這種人不難，但用起來很棘手，左冷禪也能控制。

左冷禪是一個聰明的老闆。話說「當年五嶽劍派與魔教十長老兩度會戰華山，五派好手死傷殆盡，五派劍法的許多精世絕招，隨五派高手而逝」，左冷禪怎樣做？

左冷禪匯集本派殘存的耆宿，將各人所記得的劍招，不論精粗，盡數錄了下來，匯成一部劍譜。這數十年來，他去蕪存菁，將本派劍法中種種不夠狠辣的招數，不夠堂皇的姿式，一一修改，使得一十七路劍招完美無缺。

《笑傲江湖》第三十四回〈奪帥〉

即是說，現有的「嵩山劍法」，嵩山派每個舊人都有份貢獻。左冷禪修改劍法後，也沒有藏著掖著，總之嵩山弟子都能學，增強團隊力量。

而且，「嵩山十三太保」在武林中薄有名氣，大家都知道，他們是嵩山派骨幹。由此可見，左冷禪除了武功外，在權利、名聲方面，都容許別人佔點便宜。這才可以令大家乖乖聽話，跟著他的目標前進。

看看反面例子岳不群，提起劍宗武功，說是「旁門左道」。自己只有一本《紫霞祕笈》算是不錯，但連傳給大弟子令狐沖都反反覆覆的，別說其他人了。

錦囊

專注於公司的增長，要成為市場龍頭指日可待，但急著對付其他對手，可能會賠了夫人又折兵。

丐幫：「全民造星」的經營理念

文：陳美濤

丐幫曾經是天下第一大幫，後來一直沒落，其實不是因為降龍十八掌失傳，而是丐幫的經營理念，本身存在問題。

金庸小說的武林組織主要有三類，一類是「門派」，武當派、峨嵋派、華山派，門派的重心是，有武功要傳承下去，成員之間有師徒輩份關係。你要學武功，你就要加入我的門派，清晰明白。

一類是「教」，明教、日月神教，楊逍和青翼蝠王的武功完全不同，但他們有同樣的宗教理念，聚在一起。

還有一類是「幫」，因為利益而團結，成員之間通常從事同樣的行業。丐幫為什麼會成立？乞丐很容易被欺負，被人趕走、被狗咬，但如果一群乞丐聚在一起，別人欺負乞丐時，見你人多勢眾，都會收斂一些。

所以乞丐加入丐幫，是必然的，但隨著丐幫擴大，出現了一個問題。古代交通不發達，我加入了湖南丐幫，你山西丐幫下什麼命令，和我有什麼關係？難道我被湖南的狗咬時，山西的乞丐可以飛過來幫我？不會的，所以通常「幫」，就局限一個小的範圍。比如「龍門幫」，是管理潼關碼頭的幫派，他不會管理全國的碼頭。

於是，丐幫採取了「追星模式」。因為他們實在沒有利益，吸引普通乞丐去認同全國性的丐幫，唯有找一個很厲害、很有名氣的幫主，幫主是喬峰，天下第一，快點來加入我們！黃蓉在《射鵰英雄傳》結束後，和郭靖在桃花島隱居超過十年，一直由魯有腳處理幫中事務，也沒有問題，因為丐幫幫主最重要是出名，黃蓉也是武林明星。

所以黃蓉再選丐幫幫主，要搞一個比武大會，說要招天下英雄來比武，而不是直接任命耶律齊或其他高層做幫主。因為那是《全民造星》，我們丐幫沒有下一代的明星，試試造星。耶律齊打完擂台，楊過出場，沒有上擂台，沒有參賽。

這時丐幫的四大長老圍在楊過身邊，均想：「此人精明能幹，俠名播於天下……若肯為本幫之主，真再好也沒有了。」

《神鵰俠侶》第三十七回〈三世恩怨〉

說什麼比武大會，丐幫分明就是「誰最有名氣，就叫誰做幫主」。楊過當然不肯，你在別人未成名時，預早投資，看中別人做幫主，像黃蓉一樣就行；你想直接簽一個已成名的巨星，可沒那麼容易。加上後期的丐幫，甚至不知道丐幫必須要有明星，傻得找前任幫主的女兒做幫主，當然會沒落。

其實丐幫有自己的武功，有降龍十八掌、打狗棒法，可惜只有極少數人能學習。如果丐幫把武功簡化、普及化，人人都可以學一招半式，由「丐幫」轉型為「丐派」，故事可能又不一樣了。

錦囊

公司出現問題時，就要想辦法解決，也要培養可靠的管理層，別指望運氣好，天跌下來一個完美的管理層，問題迎刃而解。

全真教：「沒有高手」的發展攻略

文：陳美濤

為何王重陽的武功天下第一，全真七子卻沒法成為絕頂高手？他們武功的強弱暫且不討論，最奇怪的是，全真七子對於自身武功，沒有太大的上進心。歐陽鋒身為五絕，依然拚命追求《九陰真經》；老頑童雖然天真，也會研究空明拳和左右互搏。全真七子明知王重陽擁有《先天功》和《九陰真經》，也不會去琢磨，怎樣學會先師的武功。

所以，全真七子的武功，從《射鵰英雄傳》到《神鵰俠侶》都沒有明顯進步。身為江湖中人，不追求絕世武功，全真教到底在做什麼？我認為，他們正在努力結交貴族。這件事可能始於王重陽時代，當日王重陽把先天功教給段皇爺，說是讓他克制歐陽鋒。但為何要教段皇爺，而非洪七公？一來段皇爺是皇者，日理萬機，二來段皇爺身在大理，如果歐陽鋒來中原鬧事，洪七公的距離較近。事實證明，此後洪七公屢屢對上歐陽鋒。段皇爺學會了先天功，除了令妃子出軌外，根本沒有實際功能。

王重陽的動機是否「親近權貴」，這點不敢斷定，但全真七子的套路更為明顯。馬鈺教郭靖武功，郭靖是未來的蒙古駙馬；丘處機是金國小王爺楊康的師父；連天真的周伯通，他的徒弟耶律齊也是丞相之子，來頭不小。

這一點可不是金庸先生誣蔑全真教。歷史上，王處一收了一個徒弟，正是金國高官孛朮魯，丘處機與成吉思汗關係不錯，全真七子亦得到元世祖的封號。如此說來，那個年代，宋遼金元戰爭不斷，全真教當然要多方投注，確保無論哪一方得勢，自己都會獲利。

在《射鵰英雄傳》裡，要為主線劇情服務，全真教似乎不太出色，所有投資均告失敗，郭靖沒有做駙馬，楊康也當不了王爺。但在歷史上，全真教才是贏家，成吉思汗讓丘處機掌管天下的出家人，免除「大小差發稅賦」，全真教的道觀漸漸遍佈整個北方。在元朝初年，其他幫派都不能望其項背。

所以說，「識人」不但比「識字」好，還比武功更重要。全真教的武功雖然不是最強，但他們和各界高層打好關係，自然可以做最後的贏家。

錦囊

如果沒有強大的實力，努力和大家打好關係，也是一種生存方法。

靈鷲宮：「登基爲皇」的隱藏幻想

文：陳美濤

童姥掌控靈鷲宮，用生死符控制了三十六洞、七十二島的主人，他們要向靈鷲宮上貢物資。驟眼看起來很正常，黑社會收保護費嘛，但仔細想想，卻覺得有些古怪。靈鷲宮位處新疆，那群人遍佈全國，包括東海、黃海、四川、福建等，「有的僻居荒山，有的雄霸海島」。洞主、島主聽起來威風，但居住在深山荒島，也不出名的人物，有些更是和尚、道士，真的很富有嗎？大部份都是窮人吧。

而且，童姥每年都要派人去賜藥，並把他們「訓斥一頓」。以古代的交通情況，加上人工、藥費，成本高昂。如果只是為了賺錢或尋找奇珍異寶，中原多的是富人，童姥的武功足以自由出入西夏皇宮，為何要勒索一群天南地北的窮人？

書中說，靈鷲宮很低調，少林寺、王語嫣、左子穆都沒有聽說過，在武林中完全沒有聲望。所以童姥收編這群人，未必是為了物質，也不是為了門派威望，稱霸武林。

有網友提出了一個論點：懷疑童姥想造反。第一，慕容復看到這群洞主島主，他的想法是「這裡數百好手，實是一支精銳之師」。他爹慕容博造反的方法，正正是「暗中糾集人眾，聚財聚糧，卻半點不露風聲」。既要聚集人眾，又要低調，這種行為相當可疑。

第二，神農幫向童姥請安，要說：「恭請童姥萬壽聖安！」段譽聽見了，覺得很奇怪，心想：「童姥是什麼人，又不是皇帝、皇太后，什麼萬壽聖安的，不倫不類。」童姥讓麾下這樣請安，代表她的幻想，不是日月神教的「千秋萬載，一統江湖」，而是「萬壽聖安」。

第三，靈鷲宮的編制是「九天九部」。「部」本身就是軍事編制，書中也列明九部迎接童姥的方位：「玄天部向北方，陽天部向東南方」等。九部的名稱和方位，與《呂氏春秋》說的「九重天」幾乎相同。《呂氏春秋》說：「天有九野，北方曰玄天，東南方曰陽天。」什麼是九重天？除了指「天」，在詩詞中通常代表皇帝或者朝廷。

值得一提的是，靈鷲宮不是童姥所建的，她佔據了一個大型的石堡。虛竹下地道時，心想：

「她們說石窟中有數百年前舊主人遺下的圖像，這些地道、石窟建構宏偉，少說也是數十年之功，且耗費人力物力極巨，當非靈鷲宮中這些婆婆姊姊們所能為，多半也是舊主人所遺下的了。」

《天龍八部》第三十九回〈解不了 名韁繫嗔貪〉

即是說，單是地道石窟，也不是幾百人能完成的，整個石堡總要花費上萬的人手吧。以一個門派的實力，是無法做到的。換言之，石堡的原主人，即使不是政府，也是一個大型軍事勢力。

「洞主島主」可能是巧合，不過「萬壽聖安」和「九重天」，明顯是特意安排的。也許，童姥佔領了一個如此宏偉的石堡後，開始產生了不太政治正確的幻想吧。

錦囊

意外之財令人欣喜，但也會令人產生錯誤的幻想。

慕容復：真的能復國嗎？

文：陳美濤

第一次看《天龍八部》，難免覺得慕容復略嫌中二病，說著要光復大燕，陰招用盡，結果一事無成。「大燕」到底是什麼？慕容家是否真的有復國的實力？

先說大燕，應該是五胡十六國的「燕」，金庸先生會選擇「燕」，可能是因為歷史上，慕容家真的在不斷復國。五胡十六國紛亂，國祚多數只有二、三十年，大家輸了也就罷了，唯獨慕容家不斷刷復國副本，居然有前燕、後燕、南燕、西燕，連養子也有個北燕，十分適合光復設定。

問題在於，十六國距離《天龍八部》六百多年，六百年是什麼概念？就是大家在籌謀「反清復明」，你則喊著「反清復宋」。這樣說，慕容復更加傻，但慕容復帶著大燕國玉璽和皇帝家譜，即是說他六百年來的祖先，都一心光復大燕。俗語有云：「富不過三代」，如果祖祖輩

輩都是傻子，還可以傳承武功財富，世間哪有這種便宜？只能說，慕容家應該有一些底牌，令他們相信自己會復國。

在冷兵器時代，復國最重要的，是錢和人馬。慕容家十分富有，書中形容他們向來「豪富」，連婢女也可以住豪宅。至於人馬，慕容復手下四大家將，包不和等人都是「莊主」，莊主當然有人手，但數量未必很多。

慕容家應該還有一支暗兵在山東，山東是當年後燕的勢力範圍，後燕衰落於「參合陂之戰」，慕容家的家傳武學是「參合指」，金庸先生明顯熟讀歷史，怎會放過山東？慕容博曾在少林寺說起造反計劃，他想勸蕭峰帶領遼國兵馬攻打大宋，「慕容氏建一枝義旗，兵發山東，為大遼呼應」，山東和姑蘇相距甚遠，分明在不同省份，為什麼不是兵發姑蘇，而是兵發山東？即是山東有「兵」。慕容博願意為這個計劃付出什麼代價？他願意讓蕭遠山殺掉自己報仇，沒道理拿性命來開玩笑嘛。

即是慕容家有兩股勢力，明有姑蘇慕容，有武功、有錢、有精英級人手，暗有山東兵馬，未必懂武功，但人數夠多，只要有外敵攻打宋國，牽制一部份軍隊，他們就有機會光復大燕。所以在《天龍八部》裡，慕容家一直在拉攏外國勢力，吐蕃國師鳩摩智已經站在他們那一邊，慕容復參選西夏駙馬、拉攏段延慶，也是同一個目標。

可惜，這六百年來的準備，都被慕容復毀於一旦。不是說他復國失敗，而是說他沒有留下後代，還發瘋了。其實他最後的一敗，沒錯是無法拉攏大理、野心曝光、和家將決裂，但慕容家的財產和主要人馬，也沒有太大損失。

留得青山在，你就再等一等嘛，反正都已經等了六百年。慕容家數十代祖先不斷失敗，當中必定有些傳人是庸才，是庸才也不要緊，他們平時考試都不合格，當然不奢望取得滿分，腳踏實地生兒育女，把理念傳承下去。問題在於，慕容復覺得自己是被選中的孩子，他有九十分，覺得自己應該可以得到一百分，就無法接受自己的失敗。

說起來，《天龍八部》後三十多年，就是「靖康之難」，又是起事的好時機。如果慕容復沒有發瘋，說不定還有機會做前《射鵰英雄傳》奸角呢。

錦囊

失敗了也不要放棄，等待時機，總有機會翻身。

任我行：最好的陷阱是什麼？

文：陳美濤

《笑傲江湖》裡，任我行似乎不夠厲害，武功不及東方不敗，只能等別人來拯救他。其實任我行是智謀型的，他是《笑傲江湖》最有忍耐力的角色。

大家都知道練《葵花寶典》要自宮，雖然我們都覺得不妥，但書中得到《葵花寶典》的角色，包括林遠圖、東方不敗、岳不群、林平之，無論年紀身份，人人都忍不住自宮練武。而任我行多年來都擁有《葵花寶典》，左思右想，卻沒有自行修練，反而把寶典傳給東方不敗，打算陷害他。誰知被東方不敗奪了教主之位，困於梅莊水牢。這場仗，能忍的任我行輸了。

然後呢？任我行繼續忍，在一間單人監獄裡困了十二年，沒有自殺、沒有發瘋。獄卒黑白子不斷來引誘他，說：「你把《吸星大法》傳給我，我就把你放出去。」局外人當然知道是騙局，但任我行不見天日，全無重獲自由的希望，也不會頭腦一熱，傳授《吸星大法》。

任我行坐牢時，還把《吸星大法》的要訣刻在鐵板上，但這個要訣十分要命，既要散功又要吸真氣。書中寫「若非任我行親加指點，依法修習者非走火入魔不可，輕則全身癱瘓，重則七孔流血而亡。」明顯是「黑心武功」。令狐沖機緣巧合，身上沒有真氣才能練成。

任我行也承認，刻《吸星大法》是不安好心的。他沒有繼續說，但我們來推理一下，他到底想害誰？不會是令狐沖，他坐牢時根本不認識令狐沖；亦不會是小配角黑白子，殺雞焉用牛刀。任我行最想陷害的，當然是奪位的東方不敗。

如何向東方不敗報復？想像一下，任我行坐牢時，猜不到有被拯救的一天，也知道自己很有可能老死在水牢中。他一死，梅莊四友必定進來清理屍體，應該也會發現《吸星大法》。

梅莊四友是東方不敗的手下，把這件事上報。東方不敗是一個武學狂人，為《葵花寶典》而自宮，《吸星大法》更違反了商品說明條例，沒有說明會走火入魔，東方不敗怎能忍住不練？一旦他開始修練，不死也會癱瘓，任我行大仇得報。

退一步來說，即使梅莊四友有私心，不把這件事告訴東方不敗，藏起《吸星大法》。對他們而言，任我行的武功更是高不可攀，怎會不練？四個獄卒一同走火入魔，任我行也報了一個小仇。沒人能猜到，他即使死了，也會留下毒計嘛。

布局的重點，在於武林中人，對印刷品有一種莫名其妙的信任。如果有人教你武功，他可能會說謊，但實物就一定是真的。常常有角色在石壁上發現祕訣，或是撿到一本祕笈，看起來很有威力，接住就開始練功，從來不會思考，那本祕笈會不會有問題。但任我行就創造了金庸小說首個印刷陷阱，絕對是天才級的陰險布局。

錦囊

人信任文字，多於信任說話，嘗試把想法寫下來，會更有說服力。

楊逍：會是好的教主嗎？

文：陳美濤

「乾坤大挪移」是明教教主的獨門武功，一如「打狗棒法」之於丐幫。楊逍懂得兩層乾坤大挪移，如此看來，陽頂天應該把他當作接班人。但陽頂天死前留下遺書，要金毛獅王繼位，獅王失蹤，明教四分五裂。

為什麼陽頂天不傳位給楊逍？楊逍整體上很優秀，長得帥、文武雙全，還有出眾的智謀。發生了什麼事，令陽頂天改變主意？我覺得，陽頂天發現楊逍的性格，太過逍遙。

首先，雖然陽頂天沒有傳位給楊逍，但仔細一想，楊逍要做教主，仍然不難。范遙失蹤，四大法王中只餘下青翼蝠王留在明教，他要吸人血，難登大雅之堂。楊逍的武功和地位都冠絕明教，他既然想做教主，那就試著收復各大勢力，這是正常人的想法。

事實上，楊逍做了什麼？他躲在坐忘峰，除了紀曉芙外，沒有人知道他在哪。即使有人想追隨他，也找不到他的蹤影。但楊逍不是隱居，他和五散人「因立教主之事，起了重大爭執，當時五散人立誓永世不上光明頂」，證明他不會隨便讓別人做教主，以他的驕傲，不容許他不服氣的人，騎在他的頭上。總之，楊逍自己不努力，我不做教主，又不讓別人做教主。

其次，楊逍太有紳士風度。為什麼楊逍的武功這麼高，五散人卻不服氣？原來楊逍每次和周顛比武，都故意讓賽，似乎是「碰巧運氣好，這才勝一招半式」。周顛當然不服氣，大家的武功不相上下，你憑什麼做教主？

後來少林寺戰三渡，周顛才知道，自己和楊逍「差著老大一截」。朋友之間讓賽，算是有風度，但想做教主，你必須展現出眾的一面，令下屬心服口服。

最大的問題是，以楊逍的智謀，他知道自己有這些問題嗎？我相信，楊逍很清楚，怎樣做才最有可能成為教主。楊逍有做教主的條件，但他不願意為了目標，去改變或掩飾自己的性格。很多人志大才疏，他卻是才大志疏。可能陽頂天正是發現了這一點，才沒有傳位給他。

有人說，楊逍有點像黃藥師，很有才華，但太過孤高，不適合領導一個大集團。不過，楊逍至少有一點比黃藥師強。黃蓉想嫁給郭靖，郭靖只是看起來笨了一點，黃藥師便大力反對；楊不悔想嫁給殷梨亭，他可是妻子的前男友，那時更是身有殘疾，楊逍也能接受。楊逍作為父親，比很多現代人都開明呢。

錦囊

不是愈有才華的人，就愈適合當領導人，每個崗位都有需要的特性。

人生感悟篇

第三章　假使世界原來不像你預期

文：陳美濤

段譽：段正淳的親兒子

文：陳美濤

《天龍八部》的其中一條主線，是段譽和幾個女生有感情瓜葛，後來發現全都是自己的妹妹，十分傷心。母親刀白鳳告訴他，你的父親是段延慶，而非段正淳，所以這些女生都不是你的親生妹妹，你可以娶她們。

但不少讀者疑惑，段譽真的是段延慶的兒子？第一個疑點，段正淳又不傻，假如那段時間他和刀白鳳分開了，刀白鳳懷孕，段正淳當然知道她出軌了。所以，刀白鳳懷孕前，應該和兩個男人都發生過關係，刀白鳳如何確定段譽是誰的兒子？這裡尚有一個可能性，例如刀白鳳發現自己懷孕，一、兩個月左右，為了掩飾，再與段正淳發生關係，生產的時間才不會相差太遠。

但第二個疑點，當時段延慶身受重傷，「雙腿折斷，面目毀損，喉頭被敵人橫砍一刀」，連話都說不出來，奄奄一息。哪怕刀白鳳一心報復段正淳，什麼都不介意，但這個狀態的段延慶，真的可以完成整個過程，令刀白鳳懷孕嗎？

金庸小說結構精密，為何會出現這些疑點？我認為，金庸先生一開始寫段譽，是把他設定為「段正淳之子」的。小說初時在報紙連載，第四回寫甘寶寶初見段譽，說她「一抬頭看到他的容貌，不禁臉上變色，身子一晃」，分明覺得段譽長得很像段正淳。

但到了第十四回，木婉清遇到段正淳，覺得「幸好段郎的相貌像他媽媽的多，像你的少」。到底像不像？「長相不像父親」明顯是伏線，後來南海鱷神和段譽，也說過類似的話。即是說，金庸寫第四回時，還未設計出段譽身世的蹊蹺，隨手寫他長得像段正淳。隨著故事發展，段譽認識更多美女，這點子就出現了。

所以，改版時，一來刪掉了甘寶寶初見段譽的驚訝，令劇情統一，段譽就是長得不像段正淳；二來把伏線變得更明顯，舊版裡，南海鱷神曾說：「我不信你們是爺兒倆，段正淳，就算他是你的兒子，可是你教武功的方法不對。」新版則改成：「段正淳，咱們馬馬虎虎，就算

他是你的兒子好了。」加了「馬馬虎虎」，意思近於「暫且當是」，更明顯地暗示了段譽的身世。

即是說，可能段正淳本來有親生兒子，但因為兒子的女人緣太好了，為了成全兒子，被金庸硬生生扣上一頂綠帽子，總算是一報還一報。

錦囊

世上有報應，但報應很可能是人為的。

郭襄：出家不是爲了愛情

文：陳美濤

江湖中一直有一個傳聞，說郭襄找楊過找了二十多年，十分深情，直到四十歲大徹大悟出家。但郭襄依然深愛楊過，徒弟叫「風陵師太」，劍法也叫「黑沼靈狐」。郭襄似乎是一個追求愛情的少女，亦為楊過而出家。真的是這樣嗎？

先說郭襄找楊過，《倚天屠龍記》開頭便寫：

> 郭襄自和楊過、小龍女夫婦在華山絕頂分手後，三年來沒得到他兩人半點音訊。她心中長自記掛，於是稟明父母，要說出來遊山玩水，實則是打聽楊過的消息，她倒也不一定要和他夫婦會面，只須聽到一些楊過如何在江湖上行俠的訊息，也便心滿意足了。
>
> 《倚天屠龍記》第一回〈天涯思君不可忘〉

郭襄只是打聽消息，誰說她一心要見楊過？原來是張三丰說（由俞蓮舟轉述）：

「郭女俠心中念念不忘一個人，那便是在襄陽城外飛石擊死蒙古大汗的神鵰大俠楊過。郭女俠走遍天下，找不到楊大俠，在四十歲那年忽然大徹大悟，便出家為尼，後來開創了峨嵋一派。」

《倚天屠龍記》第九回〈七俠聚會樂未央〉

這是張三丰眼中的事實，但張三丰和郭襄也不太熟。張三丰只知道「郭襄喜歡楊過」，聽聞「郭襄走遍天下」、「郭襄出家」，自己把這三件事串成一個故事。

郭襄有打聽到楊過的消息嗎？有的。因為說屠龍刀來歷時，說是由楊過「留贈給郭師祖的一柄玄鐵重劍熔了」。但楊過和郭襄相處時，沒有送過玄鐵劍。即是楊過曾親身到來，或派人把玄鐵劍送過來，無論如何，郭襄也已得到楊過的消息。

我有一個推測，郭襄打聽楊過的消息，不止是「單戀他，想多見他一面」。更重要的是，襄陽城愈發危險，郭襄想找楊過幫忙。後來她也聯絡上楊過了，楊過沒有來襄陽幫忙，就把玄鐵劍送出來。

有了楊過的消息，郭襄為何還要行走江湖？黃蓉把倚天劍交給郭襄，屠龍刀交給郭破虜時，已經料到襄陽城會被攻破，才要兒女把《九陰真經》和《武穆遺書》流傳下去，以對抗蒙古人。可以說，郭襄和郭破虜是一顆種子，用以發展抗元勢力。所以郭襄不可以長時間留在襄陽，否則一旦城破，《九陰真經》就落在蒙古人的手上了。屠龍刀流落江湖，就是因為郭破虜在家時，剛好城破，這件事一定出乎了黃蓉的預期。

郭襄為何出家？她在西川出家。

> 襄陽城破之日，郭大俠夫婦與郭公破虜同時殉難，屠龍刀不知下落。郭祖師當時身在西川，待趕去想要相救父母親人，卻已為時不及。
>
> 《倚天屠龍記》第三十八回〈君子可欺之以方〉

西川，不是一個愛情的地方，是郭襄知道家人的死訊，而又無能為力的地方。所以郭襄出家，固然有對楊過的單戀，但父母的死對她造成了更大的打擊。

而且，郭襄出家後，可不是不問世事。她的下半生一直在找屠龍刀，就是想完成黃蓉的遺願。但她一輩子都找不到，再把這個志願傳給風陵師太，再傳給滅絕。所以，郭襄的後半生，乃至她的徒子徒孫三代人，都努力地完成黃蓉的吩咐，為家仇國恨而努力。

郭襄當然愛楊過，但如果我們把她當成純粹追求愛情的少女，未免對不起她的努力。會造成這種誤會，有一半都是源於張三丰的說法。不過，張三丰不知道倚天劍屠龍刀的祕密，也不知道郭襄身上的任務，有誤會也是正常的。

錦囊

有些男人會以為，女人都是戀愛腦。其實女人強大起來，也不比男人遜色。

峨嵋派：找處女不是爲了練武功

文：陳美濤

峨嵋派有一個特別的要求。

「本派男女弟子，若非出家修道，原本不禁娶嫁，只是自創派祖師郭祖師以來，凡是最高深的功夫，只傳授守身如玉的處女。」

《倚天屠龍記》第四十回〈不識張郎是張郎〉

峨嵋派的高深武功，為什麼只有處女能學？在眾多門派中，這個要求是十分罕見的。除了少林派，和尚當然不能近女色，這是宗教性的要求。至於其他門派，張三丰是童子身，但門下弟子不禁婚娶，大弟子宋遠橋也生了宋青書；王重陽是童子身，全真七子也有夫妻出家。峨嵋派沒有規定，要出家才能當掌門，即是說，這不是宗教性的要求，只是處女情意結。在峨嵋派，你不是處女，就沒有前途！

是不是峨嵋派的高深武功，只有處女才能練成？就像《葵花寶典》，要自宮才能練成嘛。但是，《葵花寶典》是太監寫成的。郭襄的武功集百家之長，桃花島武功、周伯通的空明拳、九陽神功、打狗棒法、玉女劍法……如果郭襄主要練王重陽的「先天功」，要保留處子之身也不足為奇，但郭靖也沒學過「先天功」。結果，郭襄練的武功大部份都不需要童子身，難道弄出來的峨嵋派武功，就需要處女了？就像做菜，沒有飯，怎麼會有蛋炒飯？

於是，有人提出一個非常有趣的說法。其實這條規則，暗示了郭襄對小龍女的嫉妒。郭襄雖然單戀楊過，但她認同，小龍女遠比自己優秀。郭襄第一次看到小龍女，就說：

「楊大嫂，你真美！」正是郭襄。

郭襄嘆了一口氣，道：「也真只有你，才配得上他。」

《神鵰俠侶》第三十九回〈大戰襄陽〉

小龍女長得比她美，武功比她高，跟楊過的感情、經歷，樣樣都優於郭襄。郭襄有沒有地方優於小龍女？有，郭襄是處女；眾所周知，小龍女曾被甄志丙（尹志平）強姦。時至今日，討論區仍偶有討論，說交女朋友要找處女，何況在更為保守的宋朝。連小龍女都曾說：

不由得萬念俱灰，顫聲道：「過兒，我的清白已為此人玷污，縱然傷癒，也不能和你長相廝守。」

《神鵰俠侶》第二十七回〈鬥智鬥力〉

哪怕楊過不介意，在那個時代，處女依然是重要的價值。所以郭襄創立峨嵋派後，規定只有處女才能學高深武功，象徵了她的心態：處女比較高級，其實我也有比小龍女優秀的地方。

我不認同這個說法，畢竟郭襄是小說人物，這個設定可能只是合理化「峨嵋派點守宮砂，滅絕師太殺紀曉芙」的劇情，金庸先生也沒想太多，在那個年代，什麼武功處子之身才能學、女子要點守宮砂，是很常見的劇情。但如果郭襄是真實人物，這個心態就很合理了，女朋友也會看前女友的社交媒體，比一比長相，長相輸了就比工作學歷，再不行就比較人品。

錦囊

女人總要找到，自己比男友的前任優秀的地方，才會心安。

俠客行：隨緣才是重點

文：陳美濤

說起金庸小說中，武功最強的男主角，很多人都認為是石破天。他練武功的過程非常有趣，說山洞刻著李白的詩《俠客行》，裡面隱含了一項絕頂神功，武林高手用各種方法解釋這首詩的每一句，不同人有不同的解釋方法。

例如「吳鉤霜雪明」這一句，有人理解，「吳鉤」即是彎刀，出劍時要念念不忘自己在用「彎刀」，用直劍如彎刀，直中有曲，曲中有直；另一個人卻說，吳鉤雖是彎刀，卻是佩帶在身，並非拿出來使用，即是說劍法中當隱含吳鉤之勢，圓轉如意，卻不是真的彎曲。還有人說，既然有「霜雪明」，即是精光閃亮，吳鉤就不能藏在劍鞘內，要拿出來用嘛。

糾結了半天，誰對誰錯？結果石破天是對的，他不識字，他眼中的文字，就是一把把形態不同的利劍，就像圖案。石破天的內力跟著這些圖案流動，就練成了天下第一的神功。

我認為，這是金庸小說最精彩的武功秘密。比如說倚天劍、屠龍刀對斬，能得到秘笈，這個秘密只要傳出去，人人都有機會做到；《鴛鴦刀》「仁者無敵」那種算不上「秘密」。《俠客行》的秘密，就是即使石破天公開了答案，你識字，你就沒法把文字忘記，用圖像的方式理解筆劃。

這個概念是抽象派的畫風，像莫奈、梵高的抽象畫，不直接去描繪事物，而是用形狀和顏色，令你能感受到事物。純粹用第一印象的感受，你第一眼覺得是什麼東西，就是什麼東西。《俠客行》的武功正是如此，當你不去深究文字的細節，你才能領悟到武功的真相。

《俠客行》的設定這麼精彩，為什麼在金庸小說中沒那麼出名？因為這是一個佛學故事，六祖慧能（就是作「菩提本無樹，明鏡亦非台」那位大師）曾說：「我不識字。」怎麼不識字也能作詩？重點是，文字的解釋不重要，本心才是最重要的。石破天除了像六祖慧能般不識字，他神功大成後，依然沒有什麼欲求，甚至對武功也不執著。《神鵰俠侶》的周伯通心中全無名利，被視為五絕中最高境界，但周伯通也執著於自己的武功。石破天對武功也是隨緣狀態，

真正做到佛家的「心無掛礙」。《俠客行》是一個佛家故事，佛家故事發人深省，但當然不像武俠小說般流行。

錦囊

有意義的故事，不一定流行，世人還是比較喜歡欣賞「外在美」。

虛竹：人生勝利組的錯誤配置

文：陳美濤

初讀《天龍八部》，大部份讀者都會認為，虛竹是一個超級幸運兒。本身只是一個小和尚，莫名其妙地得到七十年功力，當上逍遙派掌門，無須努力就成為絕頂高手。還當上西夏駙馬，有一個美麗高貴的公主妻子，真令慕容復羨慕。

《天龍八部》的中心思想，明明是「無人不冤，有情皆孽」，眾生都在受苦。為何虛竹作為男主角之一，卻是「人生勝利組」？

其實，虛竹這個角色，也十分悲慘。他首次下山出差，為救段延慶，不小心破了珍瓏棋局，被無崖子傳功和當逍遙派掌門，整個過程都是被逼和被騙的。

這時候，虛竹還想回少林派做和尚。但他繼續被騙，好端端的吃個麵條，卻被阿紫捉弄，不小心吃了肉，破了葷戒；見義勇為想救童姥，就被童姥欺騙，用松球殺了三個人，破

了殺戒；童姥捉了西夏公主，令他破了色戒。除了色戒，虛竹被本能驅使，算是半推半就之外，葷戒和殺戒都是他極為抗拒的。

破戒後，少室山一戰，虛竹一直以為自己是孤兒，終於找到父母。書中寫他「突然間領略到了生平從所未知的慈母之愛」，豈料還未夠一個時辰，父母都死掉了。

最後他和段譽去救蕭峰，好不容易令耶律洪基退兵，以為成功拯救兄弟，誰知蕭峰自殺，虛竹大哭起來。有人說，虛竹對佛法的理解都比較表面，只是生硬地依照戒律而行，遠遠不到「酒肉穿腸過，佛祖心中坐」的境界。我覺得，虛竹對少林寺的依戀，也不完全是因為佛法。少林寺是他的舒適圈，虛竹只想做一個小職員，人人都可以指揮他，他不用動腦子，粗茶淡飯也不要緊，這也是一個夢想。偏偏形勢所逼，要他做一個大人物。

其實，像慕容復一樣，想做大人物而不可得，固然悲慘；但像虛竹般，只想做一個小和尚，偏偏被逼上位，也是另一種形式的「求不得」。

網上有個說法，指虛竹的「竹」，在中國文化裡，代表「中通外直，寧折不屈」，倔強、不懂變通。但這個「竹」始終是「虛」的，結果他始終被命運折彎了。

錦囊

人生最重要的，是得到自己想要的東西。如果你根本不想要那種生活，即使所有人都羨慕讚嘆，你也不會快樂。

游坦之：不可放棄的價值觀

文：陳美濤

天龍八部裡有兩個觀音兵，游坦之痴戀阿紫，段譽痴戀王語嫣，兩位女神都不太喜歡觀音兵。最後，王語嫣意識到慕容復並不重視自己，男神無望，投向段譽的懷抱。段譽抱得美人歸，雖然新修版沒有終成眷屬，也算曾經擁有；至於游坦之，喬峰死後，阿紫寧願和喬峰同死，也不願意和游坦之在一起，為什麼？

他倆都是付出型，段譽對王語嫣千依百順，游坦之連雙眼都獻給阿紫。如果說，愛一個人就是要對她好，兩人都能做到。他們的分別，在於「如何對一個人好」。

段譽最迷戀王語嫣的時候，也不會放棄自己的價值觀。書中有一幕，喬峰被圍攻，慕容復也是參與圍攻的一份子。

（王語嫣）問道：「段公子，你又要助你義兄，跟我表哥為難麼？」言辭中大有不滿之意……段譽一怔，停了腳步。他自和王語嫣相識起來，對他千依百順，為了她赴危蹈險，全不顧一己生死，可從未見過她對自己如此神色不善，一時驚慌失措，心亂如麻，隔了半晌，才道：「我……我並不想和慕容公子為難……」但轉念又想：「這千百人蜂湧而前，對蕭大哥群相圍攻，他處境實是兇險無比。虛竹二哥已言明兩不相助，我若不竭手援手，金蘭結義之情何在？縱使王姑娘見怪，卻也顧不得了。」於是跟隨群豪，奔上山去。

《天龍八部》第四十三回〈王霸雄圖　血海深恨　盡歸塵土〉

相反，游坦之也出身名門，受到正面的教育，但他為了阿紫，可以違背所有價值觀。本來他想殺喬峰報仇，但愛上阿紫後，這些事情都擱下了。他失去了自我，他不再是游坦之，他只是鐵丑。且不論情愛，沒有女人，會尊重一個沒有自我的男人。

第二個分別是，段譽從未欺騙王語嫣，亦沒有嘗試左右王語嫣的決定，一直在了解王語嫣的需要，當然他未必能滿足，但他朝著這個方向努力。而游坦之十分清楚，阿紫由始至終的需要，就是和喬峰在一起，但他只想把阿紫留在身邊，其他事情都選擇逃避。喬峰死後，

阿紫把自己的眼睛掘出來，表面上是還給游坦之，當中的概念，是我從來都瞧不上這個人。

所以說，我們只看見，有些觀音兵「守得雲開見月明」，但「守得雲開」的過程絕不簡單，一來不可以失去自我，二來亦要學懂怎樣尊重女神，等女神追不到男神時，才有一線升職的機會，當兵真的不容易。

錦囊

我們常常羨慕別人的成功，卻很少留意別人的艱難。

寧中則：智慧的寄生蟲

文：陳美濤

《笑傲江湖》裡，寧中則與岳不群完全相反，岳不群是陰險的偽君子，寧中則是正義的女俠。問題來了，在林平之入華山派前，連任我行、風清揚這些外人都覺得岳不群不太對勁。寧中則和他夫妻多年，真的完全沒有發現他的真面目嗎？

先看看寧中則的為人，她的正義無須多講，但她確是一個不喜歡動腦筋的人。作為華山派的副總裁，岳不群和她商量過很多事。例如桃谷六仙誤傷令狐沖，桃谷六仙武功高強，華山派眾人絕對打不贏。

岳夫人道：「咱們若和他們硬拚，雖然未必便輸，但如有個閃失……」岳不群搖頭道：「『未必便輸』四字，談何容易？以我夫婦敵他三人，不過打個平手，敵他四人，多半要輸。他五人齊上……」說著緩緩搖頭。（寧中則）登時大為焦急，道：「那……那怎麼辦？難道咱們便束手待斃不成？」

有一次，他們討論如何應付左冷禪的野心。寧中則的建議是：

「咱們聯絡泰山、恆山、衡山三派，到時以四派鬥他一派，我看還是佔了六成贏面。就算真的不勝，大夥兒轟轟烈烈的劇鬥一場，將性命送在嵩山，也就是了，到了九泉之下，也不致愧對華山派的列祖列宗。」

《笑傲江湖》第十一回〈聚氣〉

「六成贏面」明顯是隨口一說，寧中則完全沒有研究過，這三派是什麼情況，總之她不怕死。

《笑傲江湖》第三十五回〈復仇〉

每一次岳不群和寧中則討論，寧中則都會根據直覺，說出一些不可行的建議，結論是「我問心無愧」、「我不怕死」。岳不群的想法比較實際：

「咱二人死不足惜，可又有甚麼好處？」

《笑傲江湖》第二十八回〈積雪〉

「你這話當真是婦人之見。逞這等匹夫之勇，徒然送了性命，華山派還是給左冷禪吞了，死了之後，未必就有臉面去見華山派列祖列宗。」

《笑傲江湖》第三十五回〈復仇〉

他們兩夫妻是有共同目標的，都想光大華山派，但只有岳不群拚命思考，寧中則習慣了這種模式，不會思考如何解決問題。她把腦子寄生在岳不群身上，那麼之前沒有發現岳不群是偽君子，也不足出奇。

話說有一次，寧中則正對岳不群發表那些「一死了之」的建議，令狐沖聽見了，暗暗佩服：「師娘雖是女流之輩，豪氣尤勝鬚眉。」這種「建議」居然會有人佩服。

其實令狐沖和寧中則有不少相似之處，未必是笨蛋，但不太喜歡動腦筋，隨遇而安，不太怕死。不過，令狐沖遇上了任盈盈，一來聰明，可以幫令狐沖解決問題，二來她把令狐沖的意願放在第一位，最後願意陪他歸隱山林。

仔細想想，若我們把岳不群和寧中則的對白，放在郭靖和黃蓉身上，完全沒有違和感。郭靖也是「大不了一死」，黃蓉則思考解決方法，不過最後，黃蓉願意放下自己的聰明，陪郭靖一同赴死，因為她認為郭靖的意願最重要。至於岳不群，小事他願意遷就寧中則，但遇上大事，他不會把寧中則的想法，放在自己的目標之上。

錦囊

一個既聰明，又願意為你著想的人，可遇不可求。我們不要奢求太多，自己動動腦筋，自食其力才是最可靠的。

宋青書：富三代的成長

文：陳美濤

宋青書身為富三代，長得帥，又是武當派大師兄宋遠橋的兒子。只要他不出問題，絕對會成為武當派的第三代掌門。偏偏他就出問題了，暗戀周芷若，嫉妒張無忌，和主角作對當然沒有好下場，最後被張三丰清理門戶殺死。

為什麼他會落得如此下場？明明躺平就有好結局，偏偏要奮鬥。很多人都說，他是因為單戀周芷若，周芷若是壞女人，所以沒有好下場。但我認為，宋青書的成長，注定他是會出問題的。話說宋青書剛剛認識周芷若，被周芷若的美貌吸引，發現周芷若喜歡張無忌，就想：「自己倘若擊死這個少年，周芷若必定深深怨怪，可是妒火中燒，實不肯放過這唯一制他死命的良機。」他的想法跟周芷若沒關係，你暗戀校花，馬上就想殺死校花喜歡的人，這種嫉妒心會不會太變態了？

同樣地，宋青書出場時，蛛兒低聲道：「阿牛哥，這人可比你俊多啦。」張無忌道：「當然，那還用說？」蛛兒道：「他在瞧你那位周姑娘，你還不喝醋？」張無忌向宋青書望去，果見他似乎在瞧周芷若，也不在意。

這不是因為，張無忌對周芷若沒有感情，其實宋青書也是剛剛認識周芷若。宋青書是不能接受的，是別人比他強。為什麼會這樣？武當七俠中，除了張翠山流落荒島，只有宋遠橋有兒子，即是說，宋青書出生以來，就像武當派的太子，所有同輩都會以他為首，捧著他、誇讚他，不用競爭，永遠都是第一名。在這種情況下，宋青書當然無法接受，別人有任何地方比他強。

相反，張無忌離開冰火島後，就是一個鄉下小子，不是被胡青牛責罵，就是被朱九真欺騙。他自然不會因為宋青書比他帥，宋青書喜歡周芷若，受到心靈傷害。這很正常，很多人比我厲害嘛。

大家有沒有發現，武林高手的下一代，如果安安穩穩地長大，多數是廢柴。黃蓉安穩地生下郭芙，廢柴，戰亂中出生的郭襄，才成為一代宗師。以宋青書的性格，即使他沒有愛上周芷若，走出武當派這個舒適區後，發現別人有比他厲害的地方，一樣會嫉妒，一樣會做出不理智的決定，走向滅亡。

錦囊

真的不可以寵壞下一代，人生一帆風順，長大後就受不住任何打擊。

金蛇郎君：愛情世界的文化差異

文：陳美濤

金蛇郎君是一個「拒絕報父仇」的故事，當年溫家人姦殺他的姐姐，殺他一家五口，他練成絕世武功後，就要十倍奉還，發誓要殺溫家五十人、污婦女十人。誰知殺著殺著，他擄走其中一個美女溫儀後，愛上對方，決定放棄仇恨，最後當然被溫家人害死。

在五十年代，《碧血劍》成書時，「報父仇」的概念十分強烈。你的父親被人害死，你一定要報仇。金庸先生居然讓金蛇郎君為了愛情，放棄報仇，這個想法相當新穎。相比之下，袁承志本來要向崇禎皇帝報父仇，為了國家，反而變成保護皇帝，只能算是「忠孝兩難全」，不如金蛇郎君般特立獨行。

為什麼金蛇郎君會愛上溫儀，拋棄何紅藥？兩個都是美女，溫儀是仇人之女，初時痛恨金蛇郎君，最後雖然愛上他，但也無心地害慘了他；何紅藥一出場就救了金蛇郎君，幫他偷五毒教的寶物，何紅藥被五毒教懲罰，被萬蛇噬咬，容顏盡毀，但她一直在找金蛇郎君，念念不忘，簡直是最慘女兵。

難道付出得愈多，男人就愈不珍惜？我覺得，這是文化差異。金蛇郎君表面狂傲，但骨子裡是一個傳統的漢人，重視女人的貞節。當年他的姐姐遇上溫家淫賊，寧死不屈，亦令全家被殺。這件事對金蛇郎君造成很大的陰影，一來他要報仇，二來亦加深了他的認知：女人的貞節，是珍貴到值得全家人用性命去保護的。

溫儀不是第一個被他擄走的女子，他從什麼時候開始，對溫儀刮目相看？是溫儀怕被他強姦，企圖自殺，自殺失敗後就絕食，表現了「貞節比生命重要」的精神，從此金蛇郎君就開始哄她了。

相反，何紅藥是外族，熱情奔放，對金蛇郎君一見鍾情後，主動獻身，為他拚命。何紅藥也說過：「我們夷家女子，本來沒你們漢人那麼多臭規矩。」偏偏，金蛇郎君心底最重視的，就是這些「漢人規矩」。外族女子熱情大膽，來一場艷遇吧，但愈熱情大膽，就愈不會動

真情、不會娶她為妻。因為我不相信，你會為我守節。

這種設定很符合明朝的情況。明朝有秦淮八艷，天下聞名，妓院林立，召妓是一件普遍而公開的事。另一方面，明朝對婦女的束縛十分嚴重，有貞節牌坊，官府亦獎勵貞節。即是說，男人把女人這個羣體分開兩半，一半是逢場作戲；另一半是用來娶的，她們一定要謹守貞節，寧死不屈，即使我死了，都不要改嫁。

原來，金蛇郎君狂放的背後，心底仍是一個封建的明朝男人。

錦囊

有時，與人相處也要考慮雙方的文化差異。理念相差太遠，難免會有很多矛盾。

第四章 誰人定我去或留 定我心中的宇宙

性格與命運

文：陳美濤

洪七公：大俠的審判

文：陳美濤

洪七公當然是正義的化身，他最有氣勢的一幕，是大家想殺裘千仞，裘千仞說：「說到是非善惡，那一位生平沒犯過惡行錯事的，就請上來動手。」眾人都呆了，紛紛回想自己做過的錯事。這時候，洪七公挺身而出，氣勢十足地說：

「我是來鋤奸……老叫化一生殺過五百三十一人，這五百三十一人個個是惡徒，若非貪官污吏、土豪惡霸，就是大奸巨惡、負義薄倖之輩。」

《射鵰英雄傳》(舊版)第七十九回〈異地重逢〉

但仔細一想，以現代先進的司法系統，還未能做到「絕無冤假錯案」，洪七公真的可以殺了五百多人，也沒殺錯一個人嗎？有人質疑洪七公嗎？

金庸先生質疑了，所以改版時，把洪七公殺的人數改成「二百三十一人」，一下子少了三百個。人數少了，但問題依然存在，殺二百人不會有冤案嗎？所以新修版再加一句：

「我們丐幫查的清清楚楚，證據確實，一人查過，二人再查，決無冤枉！」

《射鵰英雄傳》第三十九回〈是非善惡〉

有人負責查證，而且不止一人，查清楚了，洪七公才去行刑。由這兩次改版可見，金庸先生努力把這件事，以現代人的眼光來看，顯得公義一點。

洪七公殺二百人的故事沒有詳述，但我們可以看到他不殺什麼人。歐陽鋒濫殺無辜，洪七公有機會殺他，卻沒有下手，這可能是高手之間，惺惺相惜。但洪七公也不殺梁子翁，梁子翁強姦了很多女子，被洪七公擒獲，就「拔下了他滿頭白髮，還要他立下重誓，不得再有這等惡行」。

在宋朝，強姦也是嚴重罪行，最高判死刑，最少也要流放三千里。面對連環強姦犯，洪七公也不殺，他會殺誰？他動手要殺裘千仞，原因是「與金人勾結，通敵賣國」，是政治理由。我們回想洪七公殺那二百人的罪名，有「負義薄幸」，即是對不起朋友，這確實討厭，但也不至於要判死刑吧。

結果我們發現，大俠的行刑標準，和法律有根本上的不同。法律是根據事實上造成了多大的傷害；大俠則談道德，忠孝仁義。所以濫殺無辜、連環強姦，可能不會死，不忠不義之人就要判死刑。

洪七公有沒有殺錯人？我相信，其中有一部份人，以法律的標準，是罪不至死的。但錯的不是洪七公，而是大俠的審判標準，本身就有很大的局限性。不過，這種設定也很合理，大俠就是要快意恩仇，沒道理斤斤計較，你到底是謀殺抑或誤殺，要怎樣判刑嘛。

錦囊

大俠只可以留在小說世界裡。如果現實中有人可以獨自審判，大家也不知道他用的是什麼準則，只會人心惶惶。

歐陽鋒：前輩的栽培

文：陳美濤

歐陽鋒是《射鵰英雄傳》第一奸角，今天不是討論他有多壞，而是來談談，為何正派從來沒有認真嘗試去殺歐陽鋒？

書中最有機會，而又有立場去殺歐陽鋒的，是洪七公和郭靖。洪七公行俠仗義，武功和歐陽鋒不相伯仲，而且他不是像蝙蝠俠般堅持不殺人，他曾說過：「老叫化一生殺過二百三十一人，這二百三十一人個個都是惡徒。」歐陽鋒分明是惡徒，為何他沒有成為第二百三十二個被殺的對象？甚至洪七公還一時心軟，救了歐陽鋒。

這一點，我覺得是金庸先生特意要歐陽鋒活下去，才讓洪七公對他惺惺相識，情不自禁。且看《射鵰》的設定，五絕王重陽已死，南帝、北丐是正派，東邪、西毒聽名字就知道是邪派，剛好是二比二。但東邪是女主角的父親，不能讓他太壞，就變成了亦正亦邪，百分

百反派的角色只剩下歐陽鋒一人。所以他不能死，不然實力過於一面倒，劇情就沒那麼緊張了。例如正派多了一個老頑童，武功比五絕略遜一籌，反派就多了一個裘千仞，維持正邪平衡。

那郭靖呢？郭靖曾以為黃藥師殺了江南五怪，一心要殺黃藥師報仇，後來郭靖發現，真兇是歐陽鋒，他卻不去殺歐陽鋒。那時歐陽鋒想要《九陰真經》，擒下了黃蓉，郭靖就和歐陽鋒訂了一個協議：

「你要黃姑娘給你解釋九陰真經，她肯與不肯，只能由她，你不能傷她毫髮……從今而後，你落在我手中之時，我饒你三次不死，換你不許對黃蓉用強。」

《射鵰英雄傳》第三十七回〈從天而降〉

大家都會以為，郭靖為了黃蓉，才許下這個承諾，但他之前想殺黃藥師，黃藥師可是黃蓉的老爸，那時他怎麼沒想起「為了黃蓉」？而且，有一次郭靖以為黃蓉已死，更是間接被歐陽鋒害死的，約定已無意義，但歐陽鋒身陷流沙，即將身死，郭靖還是救了他，為什麼？

我認為，其實郭靖心底很尊重歐陽鋒。郭靖一生Double Major，發展「政治」和「武林」。政治方面，他很受成吉思汗讚賞，早早就畢業了，畢業證書附送華箏公主，但他不希罕。

郭靖的嗜好是武林，但武林這一科，他沒什麼天份。從小到大，他都被老師瞧不起，由小學老師江南七怪，到黃藥師、洪七公，都清楚地表示，郭靖很笨。洪七公不想收他做徒弟，黃藥師不想他做女婿。郭靖也知道自己蠢，但沒人喜歡被人瞧不起嘛。

至於歐陽鋒，他遇到郭靖，第一句評語是：

「洪老叫化，恭喜你收的好徒兒啊。」

《射鵰英雄傳》第十八回〈三道試題〉

其他人可能不以為然，但這是郭靖第一次得到武林長輩的認同。歐陽鋒之後的行為，都是把郭靖當成一個值得想方法去對付的對手，而不是一個傻子。當郭靖和歐陽鋒說：「你落在我手中之時，我饒你三次不死。」歐陽鋒認真地和他擊掌盟約。試想想，如果郭靖對洪七公、黃藥師說同一番話，他們會有什麼反應？你不殺我？說什麼傻話！

歐陽鋒對郭靖也有實際貢獻，他為了學《九陰真經》，和郭靖在石屋同居了一個多月，天天對打拆招，有五絕高手和你對練，郭靖的武功突飛猛進，弄得歐陽鋒有點擔心，這樣下去，他尚未參透真經要義，打起來卻要不是郭靖的對手了。

所以郭靖後期武功大成，歐陽鋒也出了一分力，算是歪打正著，做了郭靖的人生導師。

錦囊

最了解你的人，往往是你的敵人，而不是你的朋友；最容易低估你的人，往往是你最親近的長輩。

東方不敗：完美的教主

文：陳美濤

《笑傲江湖》中，東方不敗絕對是奸角，一來他的打扮妖異，二來練「辟邪劍法」的林平之與岳不群，也十分變態，我們對練《葵花寶典》的東方不敗，當然沒有好感。所以我們隨著令狐沖的視角，看著他救任我行，戰勝東方不敗，幫任我行重奪教主之位。誰知任我行登位後，照樣要教眾喊「文成武德」等口號，還要一統江湖。

令狐沖心下忽想：「坐在這位子上的，是任我行還是東方不敗，卻有甚麼分別？」

《笑傲江湖》第三十一回〈繡花〉

到底有沒有分別？東方不敗做教主，真的那麼壞嗎？我們都知道，日月神教有侵略性，前有魔教十長老進攻華山，所以正派提起魔教都十分警惕。後來東方不敗篡位當教主，要教眾喊口號：「千秋萬載，一統江湖」。東方不敗當了十二年的教主，以他的武功，如果組織日月神教進行侵略，即使不能一統江湖，也會腥風血雨，不是一時半刻可以了結的，但二十

多歲的令狐沖，對日月神教也不太了解，足以推斷，這十二年來，日月神教沒有大舉進攻正派。東方不敗曾對任盈盈說：

「直到後來修習《葵花寶典》，才慢慢悟到了人生妙諦……只不過我一直很羨慕你，一個人生而為女子，已比臭男子幸運百倍。我若得能和你易地而處，別說是日月神教的教主，就算是皇帝老子，我也不做。」

《笑傲江湖》第三十一回〈繡花〉

他當了教主後，確實荒廢教務，令日月神教內部一塌糊塗，但對正派來說，會不會是一件好事？

我們看看東方不敗任期內，日月神教有什麼行動？包括寵信楊蓮亭、追殺向問天、冤枉童百熊，確是忘恩負義，但這些都是內部權力鬥爭，與正派沒什麼關係。不單如此，東方不敗似乎沒有阻止教眾與正派來往，劉正風與曲洋來往，喊打喊殺的是嵩山派，日月神教沒有現身。

當然，他們始終是魔教，教眾的品德不好，平日可能也有奸淫擄掠，但至少沒有以教主為首，公開侵略，對正派造成嚴重威脅。相反，任我行剛剛登位，就要滅恆山、攻少林、武當，若非金庸先生安排他暴斃，可能會造成很大破壞。

換句話說，假如你是正派高手，你希望魔教教主是一個很喜歡別人喊口號，還喜歡躲在房間繡花和談戀愛的變態，抑或外表正常，野心勃勃，整天琢磨著攻打各派的任我行？所以說，做教主的是任我行抑或東方不敗，其實有很大的分別，只是令狐沖不懂分辨。

錦囊

世上沒有完全的壞人，也沒有完全的好人，一個人品行再壞，他也對某些人有益。

金輪法王：缺乏人生目標

文：陳美濤

很少讀者會喜歡金輪法王，其實是因為他沒有什麼人生目標。他做了很多事，最後連命也丟了，是為了什麼？

歐陽鋒是為了《九陰真經》，想要天下第一；法王對這些絕世秘笈興趣不大，只會進修自己的「龍象般若功」。左冷禪想當五嶽劍派的盟主，渴望權力；法王來來去去，指揮自己那兩個徒弟就滿足了，也不打算擴大勢力。鹿杖客、鶴筆翁想升官，法王已經是國師了，沒有上升的空間，卻還拚命工作。用正義的角度來說，法王是不是對大汗忠心耿耿，或是對蒙古大業的發展充滿熱情？他更加沒有這種傾向。

金輪法王的人生軌跡，就是被大汗聘用，成為高層（國師），派到中原出差，一會搶武林盟主，一會圍毆郭靖，一會夜闖襄陽城，是為了什麼？呃，都是工作嘛，上司忽必烈叫我做什麼，我就做什麼吧。

途中他還做了一件傻事，忽必烈說，誰殺了郭靖，就是「蒙古第一勇士」。法王居然和瀟湘子、尼摩星等人，一同圍毆郭靖。他已經是國師了，應該是「蒙古第一勇士」的頒獎嘉賓嘛，還和那些小人物競爭？法王說，這個嘛，我也搞不懂，上司吩咐我就做吧，完全不思考以自己的身份，是否應該去爭奪這份榮譽。

法王的悲劇，源於不知道自己想要什麼。故事的尾段，他終於勉強找到一個人生目標：要收郭襄為徒。但在新修版裡，忽必烈想當眾虐殺郭襄，法王拒絕，大罵忽必烈的使者，還殺了人，想帶郭襄離開，豈料「忽必烈親自過來致歉賠禮」，法王就不再提起這件事了。最後大汗沒法攻下襄陽，親自下旨「將郭襄綁上高台，逼迫郭靖投降」，用法王在蒙古的廟宇和信眾弟子，逼法王就範，軍令如山，無可奈何，把郭襄綁上高台，才逼得法王為救郭襄而死。

如果忽必烈提出這麼過火的要求時，法王就帶走郭襄，直接辭職，根本不會走到和大汗翻臉的地步。法王始終是蒙古第一高手，難道戰事完結後，大汗還會騷擾他的廟宇和弟子？

錦囊

遵從上司的吩咐，本身沒有問題，但聽話的同時，也要想想，自己到底想得到什麼？如果你不知道自己在做什麼，公司的要求甚至超越了你的底線，那就不要盲從了。

中年黃蓉：人老了就會變得討厭？

文：陳美濤

很多人都說，《神鵰俠侶》的黃蓉，變得小器、疑心重，十分討厭，和《射鵰英雄傳》的少年黃蓉相比，明明少年黃蓉亦正亦邪，聰明可愛。為什麼黃蓉會變了這麼多？只是因為在《神鵰俠侶》，她不再是主角，必須要為男主角楊過設置障礙，而且她身為人母，顧著自己的兒女，所以性情大變嗎？

原來，中年黃蓉處處反映出，她不喜歡年少時的自己。她怎樣形容自己的少年時代？她是說，自己年少時，性格怪僻，多虧郭靖處處忍讓，她要盡力報答郭靖的恩情。

「我年幼之時，性兒也極怪僻，全虧得你郭伯伯處處容讓，你郭伯伯愛我惜我，這份恩情，我自然要盡力報答。」

《神鵰俠侶》第十二回〈英雄大宴〉

大家可能覺得，「性格怪僻」都不是嚴重錯誤，但當裘千仞說，你們都說我是壞人，誰沒有做過錯事，才有資格殺他。大家都想起一生過失時，黃蓉是想起，自己令黃藥師擔心她，很不孝，而且她做過很多欺騙人、作弄人的事。

「各人給裘千仞這句話擠兌住了，分別想到自己一生之中所犯的過失……黃蓉想起近年來累得父親擔憂，大是不孝，至於騙人上當、欺詐作弄之事，更是屈指難數。」

《神鵰俠侶》第三十九回〈是非善惡〉

換句話說，黃蓉想起自己的少年時代，不是懷緬青春，不是覺得自己年輕時很漂亮，而是覺得自己做錯過很多事。從前對黃藥師任性，隨便離家出走，現在覺得自己「大是不孝」；從前覺得對郭靖是甜甜的愛情，現在依然有愛情，但更有處處容讓，必須要報答的恩情。黃蓉不覺得，她年少時有什麼成就、有什麼事做得特別好，她否決了年少時的自己，自然對和自己年少時相似的人和事，都感覺抗拒，不單是對同樣聰明、離經叛道的楊過，更包括她的女兒。

丐幫大會上，黃蓉打算去找郭襄，郭靖問，襄兒沒來嗎？黃蓉說，我去叫她，這個女兒真古怪。郭靖笑了，想起剛剛認識黃蓉時，她女扮男裝，扮成小乞丐，何嘗又不古怪了？

> 走到郭靖身邊，低聲道：「你在這裡照料，我去瞧瞧襄兒。」
>
> 郭靖道：「襄兒沒來麼？」
>
> 黃蓉道：「我去叫她，這小丫頭真古怪。」
>
> 郭靖微微一笑，想到與妻子初識之時，她穿了男裝，打扮成一個小乞兒模樣，何嘗又不古怪了？
>
> 《神鵰俠侶》第三十六回〈生辰大禮〉

郭靖覺得，你年輕時也是這樣嘛，你為什麼這麼抗拒？連郭靖也不理解，正是因為黃蓉年輕時是這樣，她才抗拒。她既然不喜歡年少時的自己，自然希望晚輩都走上一條，跟她年輕時截然不同的道路。

錦囊

大家都會說：「希望我們長大後，不會成為自己年輕時討厭的那種人。」但如果在長大後，討厭年輕時的自己，也是一種成長的悲哀。

郭芙：故事之後的去向

文：陳美濤

不少讀者都覺得郭靖黃蓉的死有疑點，主要有兩個原因。

首先，殉城一事，是由滅絕師太說出來的：「襄陽城破之日，郭大俠夫婦與郭公破虜同時殉難。郭祖師當時身在西川。」不論滅絕有沒有說謊，但當天郭襄不在襄陽城，所謂「真相」都是道聽途說而已。

其次，如果郭靖黃蓉戰死，對蒙古而言是重大戰績，殺雞儆猴，振奮軍心，蒙古一定會大肆宣揚這件事，但蒙古方面卻沒有提及過。

所以，有讀者推斷，是耶律齊和郭芙背叛了郭請，令郭靖黃蓉夫妻被蒙古用陰謀制伏。蒙古的手段並不光明正大，所以沒有宣揚此事。

但另一方面，《倚天屠龍記》卻有記載，在耶律齊之後，丐幫幫主名為「耶律淵如」，明顯是耶律齊的後代。如果耶律齊背叛了郭靖黃蓉，怎會讓他的後代當丐幫幫主？而且，耶律齊不是一個貪生怕死，貪圖富貴的人。在《神鵰》結局，襄陽大戰時，楊過想拚命，叫耶律齊一同衝向蒙古大汗。耶律齊覺得這是送死。「但一想到這條命都是楊過救的，便只覺何須多言？楊過去哪裡，便跟他到哪裡」。

郭芙也不差，超過一次，他們被金輪法王攻擊，明顯處於劣勢，甚至生死關頭，郭芙雖然武功很差，但她始終不肯出賣父母。這兩夫妻實力不強，但也算鐵骨錚錚。

那麼郭芙會不會一起殉國了？應該不是。滅絕對周芷若說起倚天劍、屠龍刀時，提起郭芙，是「郭祖師有個姐姐郭芙，生性魯莽暴躁」，直呼其名，評價非常不滿；提到郭破虜，就是「郭公破虜，青年殉國」，稱之為「公」，十分尊重。如果郭芙和郭破虜一起殉國，以峨嵋派的價值觀，即使郭芙沒什麼作用（郭破虜也沒什麼明顯功用），都應該有正面、尊重的評價。

即是說，郭芙沒有壯烈犧烈，但也沒有叛國，應該在襄陽城破前，已經離開了。她去哪裡了？很可能是遼東。在洪七公時期，丐幫大會是在湖南君山開的，到了倚天時期，丐幫大會變成了在遼東召開。當然，可能耶律齊死後，丐幫的根據地才轉移了。

不過，屠龍刀第一次出場，是號稱「長白三禽」的三個老伯，從海沙幫偷了屠龍刀，然後他們馬上開爐火，想燒熔屠龍刀。很明顯，他們知道屠龍刀內有武功秘笈，既然無法得到倚天劍，不如搏一搏，單車變摩托，把屠龍刀燒熔，也有機會得到裡面的秘笈。其他人是完全不理解的，馬上阻止他們，問他們為什麼要用火燒毀寶刀。

長白三禽作為炮灰，死得太快，很多讀者沒有注意他們的存在。事實上，他們是《倚天屠龍記》中，除了滅絕師太之外，唯一原本就知道屠龍刀秘密的。這三個來自遼東的炮灰，為什麼也會知道秘密？郭靖三個子女，郭破虜死在襄陽城，沒機會傳出秘密；郭襄把秘密傳給峨嵋派，不會再告訴別人；唯獨郭芙、耶律齊這一對，有可能知道秘密，並且在遼東傳出去。

所以，襄陽城破前，郭芙可能跟著耶律齊去了遼東發展，成為了一個普普通通的幫主夫人了。不過，郭芙「成事不足，敗事有餘」的性格，可能也沒有改變，所以才把屠龍刀的秘密，洩漏給遼東的炮灰。

錦囊

江山易改，本性難移，人愈大，只會愈接近自己的本性。

周芷若：皇后的美夢

文：陳美濤

很多人都說，周芷若變壞，是因為她的師父滅絕師太，逼她發毒誓，要她偷倚天劍和屠龍刀。周芷若是否真的因滅絕而變壞？她的夢想是什麼？

先說滅絕，滅絕死前，逼周芷若答應三件事，不准愛上張無忌、做峨嵋掌門、用美色引誘張無忌以取得刀劍。這三件事中，只有一件發了毒誓。

「日後我若對魔教教主張無忌這淫徒心存愛慕，倘若和他結成夫婦，我親身父母死在地下，屍骨不得安穩；我師父滅絕師太必成厲鬼，令我一生日夜不安，我若和他生下兒女，男子代代為奴，女子世世為娼。」

《倚天屠龍記》第二十七回〈百尺高塔任迴翔〉

但周芷若有心違背毒誓，她得到刀劍後，依然和張無忌拜堂。那時很多武林人士到場參

與，加上宗師張三丰的祝福，若非趙敏搗亂，這場婚姻必定是真的。即是說，周芷若根本沒有對滅絕言聽計從，只是選擇性地聽話。

問題來了，周芷若是否太愛張無忌，非違背這個毒誓不可？這就要看周芷若的夢想了。話說他倆訂婚後，大家在談趕走蒙古人的事。

> 韓林兒拍手道：「那時候啊，教主做了皇帝，周姑娘做了皇后娘娘，楊左使和彭大師便是左右丞相，那才叫好呢！」周芷若雙頰暈紅，含羞低頭，但眉梢眼角間顯得不勝歡喜……張無忌只道：「不可，不可！我若有非份之想，教我天誅地滅，不得好死。」周芷若聽他說得決絕，臉色微變，眼望窗外，不再言語了。
>
> 《倚天屠龍記》第三十四回〈新婦素手裂紅裳〉

在舊版裡，周芷若是起義領袖周子旺之女，父親起義失敗而死。有了這個身份，她說起這件事時，就更加明顯了。

> 周芷若道：「我也不是強要你做皇帝，但若天命所歸，你推也推不掉的。你待我這麼好，我自當設法圖報。周芷若雖是個弱女子，可是機緣巧起來，說不定我便

能助你做了天子。我爹爹事敗身亡，我命中無公主之份，卻又有誰知道我不能當皇后娘娘？」

《倚天屠龍記》（舊版）第九十四回〈濠州大會〉

他們訂婚後，就不斷重覆「我不想做皇帝」、「但我想做皇后啊」這種對話。別以為她痴心妄想，在《倚天屠龍記》的故事背景下，朱元璋靠明教勢力起家，當上皇帝。所以周芷若的夢想藍圖是這樣的：先和張無忌成親，整合明教和峨嵋的勢力，帶領其他門派，加上手上的《武穆遺書》，趕走蒙古人，張無忌做皇帝，她做皇后。周芷若對張無忌當然有感情，但明教勢力也是重要的考慮因素。

周芷若不單是追逐愛情的女角，她是一個政治家。她結婚時，趙敏跳出來，提起謝遜。張無忌擔心義父，他就說：「芷若，請你諒解我的苦衷。咱倆婚姻之約，張無忌決無反悔，只是稍遲數日……」

他本來不打算悔婚，如果周芷若真的深愛張無忌，應該當眾扮成善解人意，讓他沒有下台階，沒有機會悔婚。但周芷若的反應，明顯放棄了張無忌。

「張無忌，你受這妖女迷惑，竟要舍我而去麼？」周芷若霍地伸手扯下臉上紅巾，朗聲說道：「各位親眼所見，是他負我，非我負他。自今而後，周芷若和姓張的恩斷義絕。」

《倚天屠龍記》第三十四回〈新婦素手裂紅裳〉

因為謝遜是證人，他知道周芷若偷了倚天劍、屠龍刀。而趙敏打出這隻「證人牌」，她可能知道謝遜的下落。即是說，如果周芷若乖乖地等張無忌，萬一趙敏帶著謝遜出現，向大家證明周芷若的惡行。周芷若不但會失去張無忌，在武林的名聲也會一落千丈，沒有機會成為武林中的政治領袖。

所以，周芷若當機立斷，指張無忌和妖女勾結，這是「正邪之爭」，把輿論掌握在自己那一方。就算謝遜真的現身指控周芷若，她也可以聲稱，謝遜、張無忌勾結蒙古妖女。在最大程度上，掌握武林反元勢力的支持。即使不能靠張無忌做皇后，也有機會自己掌權。女人掌握著一張「被男人拋棄」的皇牌，在重要關頭永遠都可以加分，是千古不變的定律。

若非黃衫女子這個外掛，也許周芷若真的能創一番事業。這也是她和趙敏最大的分別，她自小父母雙亡，在滅絕手下謀生，手上沒有任何資源，自然渴望權力，亦會用愛情作為得到權力的手段。趙敏身為郡主，予取予求，反而可以為了愛情放棄權力，兩人的人生目標截然不同。

錦囊

人總是渴望自己還未得到的東西，得到後，反而不稀罕了。

滅絕師太：師太的固執

文：陳美濤

滅絕師太心狠手辣，不但親手殺死徒弟紀曉芙，而且為達目的不擇手段，總是要求徒弟用美人計，更逼周芷若發毒誓去欺騙張無忌。為什麼她可以做名門正派的領袖？

其實有時候，滅絕師太為人頗為正派。她與張無忌的第一次見面，是六大派在殺明教弟子，張無忌叫大家和解，還說滅絕師太殺人是不對的。滅絕便說：「你接得住我三掌，我便放了這些人走路。」據書中描述，滅絕沒有下殺手，打算「將他擊暈便罷」。我們知道張無忌是男主角，滅絕師太可沒看過《倚天屠龍記》，她殺人時，有個無名小子如此礙事，她居然手下留情。

然後，同一章裡，殷野王遇到張無忌，不知道他是自己的外甥。

> 殷野王心念一動：「這小子的武功如此怪異，留著大是禍胎，不如出奇不意，一掌打死了他。」
>
> 《倚天屠龍記》第十八回〈倚天長劍飛寒鋩〉

他剛剛看到張無忌救明教弟子，也算是半個自己人，但轉個頭來就想殺掉他。相比之下，正派和邪派的分別十分明顯。正派的想法是：「他是邪魔外道，人人得而誅之。」無可否認，正派有時會殺錯良民；不過，邪派的想法是：「今天天氣不錯，殺了他吧。」名正言順地濫殺無辜。

另一幕，滅絕師太知道紀曉芙被強姦，偷偷誕下女兒。她第一時間的反應是：「可憐的孩子。唉！這事原也不是你的過錯。那你自己怎麼打算啊？」面對這種情況，即使是現代的父母，也可能會罵：「都怪你不小心。」「為何不早點告訴我？」滅絕師太的回應卻非常寬容。

> 紀曉芙垂淚道：「弟子由家嚴作主，本已許配於武當殷六爺為室。既是遭此變故，只求師父恩准弟子出家，削髮為尼。」滅絕搖頭道：「那也不好。」
>
> 《倚天屠龍記》第十三回〈不悔仲子逾我牆〉

滅絕是尼姑，峨嵋派更是保守得要點守宮砂的門派，她居然覺得徒弟失身產女，也用不著出家，算是很寬容了。後來，她知道強姦紀曉芙的是楊逍，劇情才急轉直下，逼著紀曉芙殺楊逍。

如此看來，滅絕師太平時也算是不錯的掌門，只是一涉及明教，她就失去理性，無所不用其極。有讀者問，滅絕常常嚷著抗元，明教也在努力抗元，為何滅絕沒想過和明教合作，去完成郭襄的遺願？是不是因為方評和孤鴻子的私人恩怨？滅絕豈不是公報私仇？

滅絕和明教當然有私仇，但當時明教的形象確實不可信，一來濫殺無辜，二來明教源於波斯，中原武林崇尚佛道，宗教立場不同。歷史上，抗元還未成功，朱元璋、張士誠、陳友諒已經互相攻伐，中原人抗元的方法，一向是「先內訌，有空再抗元」。

後來張無忌當了教主，明教進步了，其他正派慢慢接受明教，只有滅絕師太寧死不從。這是她最核心的問題：不願變通。她認為明教是邪教，就永遠是邪教，就像郭襄說要找倚天劍、屠龍刀，拿祕笈和兵法來抗元，滅絕就把這個任務當成終身大事。臨死前，她交代周芷若：「你取得兵法之後，擇一個心地仁善、赤誠為國的志士，將兵書傳授於他，要他立誓驅除胡虜。」問題是，即使有兵法，你手下無兵，怎樣對抗一個政權？滅絕是不會思考這個問題的，因為郭襄祖師說：「我們要收集刀劍，然後抗元」，這一定是對的！

錦囊

即使做好人，有遠大的志向，也要因應時勢而改變計劃。

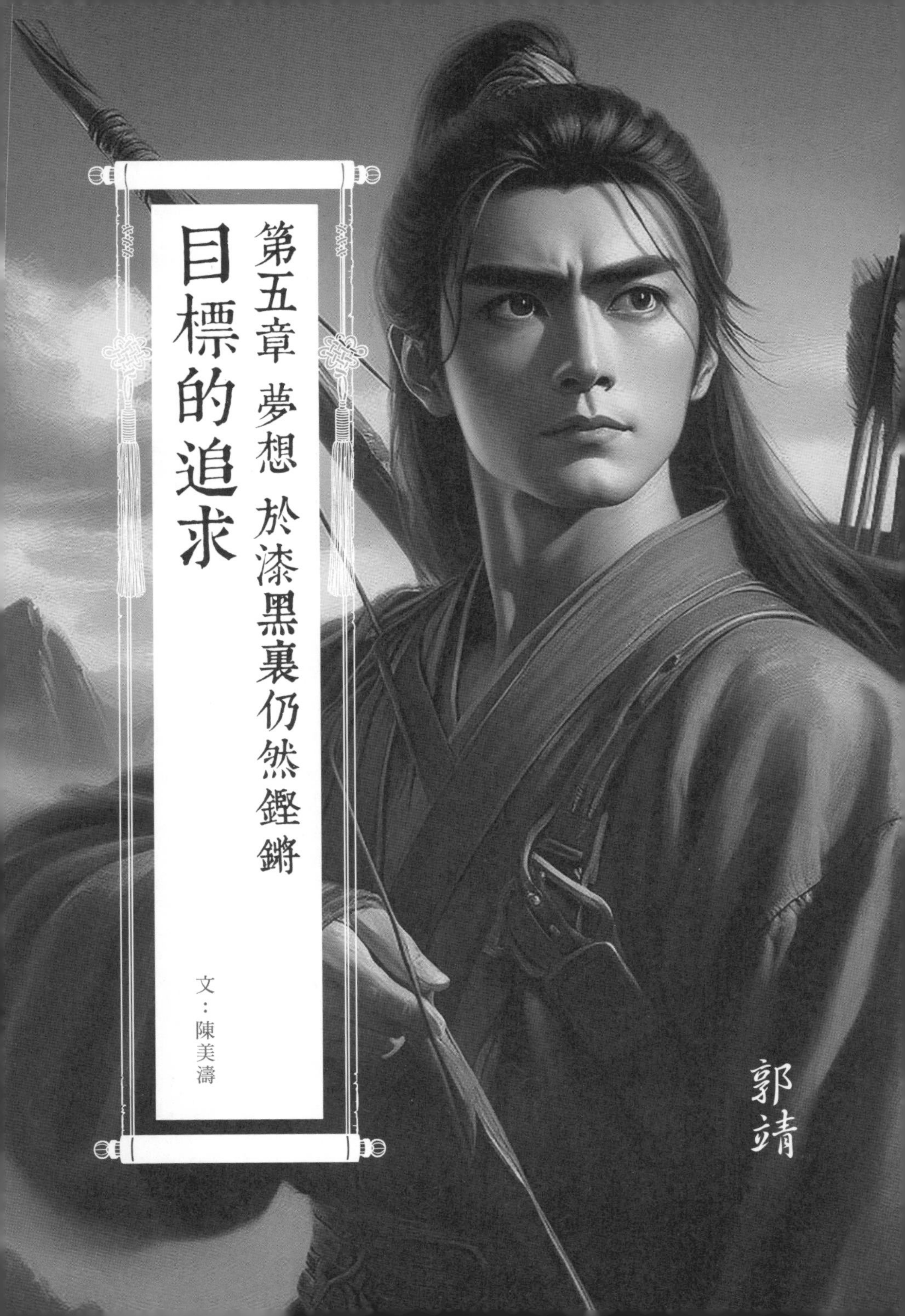

目標的追求

第五章 夢想 於漆黑裏仍然鏗鏘

文：陳美濤

金庸小說最快捷的賺錢方法

文：陳美濤

看武俠小說，大俠大魚大肉，一擲千金，卻不用上班，門派還要養活眾多弟子，錢是怎麼來的？如果你穿越到古代武林，可以怎樣生活？

看金庸小說，江湖人賺錢有多種方法。最正統的當然是做地主，《天龍八部》中說，少林寺「菜園子有兩百來畝地，三四十名長工」，兩百畝地，單是一個菜園子也佔地十多萬平方米。少林寺當然是大地主，但人人都想做地主，只有歷史悠久的大門派，才能做地主。

區域性的門派，可以像黑社會般收取保護費。在門派的影響範圍內，做生意的都要付保護費。例如《笑傲江湖》中，福威鏢局要在四川做生意，林震南對兒子林平之說：「每年春秋兩節，總是備了厚禮，專程派人送去青城派、峨嵋派。」青城派還拒絕不收。

除了官方收入外，高手收徒弟，也是能賺錢的。《天龍八部》中，諸保昆想加入青城派，但年齡不小，青城派原本不願意，但諸家是大財主，最終諸保昆還是拜師了，「送師父、師兄的禮極重，師父有什麼需求，不等開言示意，搶先便辦得妥妥貼貼，反正家中有的是錢。司馬衛（師父）在武功傳授上便也絕不藏私。」

證明如果你的骨骼並不精奇，不是百年難得一見的練武奇才，課金也可以拜師成功。

如果沒有富二代向你拜師，但你在江湖中有幾分名望，還可以做見證人，調解武林紛爭。《鹿鼎記》中，沐王府與天地會發生衝突，請了「北京四位著名武師，同去做見證，每人已送了二百兩銀子謝禮」，二百兩大概是現在的幾萬元，只是做一場見證，根本不用動武，收入豐厚。

如果你是一個獨行俠，就要各出奇謀。和尚尼姑可以化緣，丐幫當然要乞討，大盜要打劫，但大俠也會偷東西。楊過偷了貪官的錢，再用錢救了一個被貪官誣衊的人。看起來很正氣，但郭芙卻指出盲點，說楊過偷了四千兩，卻只用了二千兩救人，「還淨賺二千兩銀子」。

可見大俠劫富濟貧，既濟別人的貧，也濟自己的貧。

不過必要時，大俠還會劫貧濟貧。郭靖、黃蓉孝敬洪七公的叫化雞，郭靖就承認這隻雞是偷來的，從哪裡偷來的？原來是「江邊農家小屋中一隻公雞振吭長鳴」，黃蓉餓了，就偷了這隻大公雞，還對郭靖說：「咱們走遠些，別讓主人瞧見。」既然是主角，成大事不拘小節。郭靖學「降龍十八掌」是《射鵰英雄傳》的大事，所以農民便丟了一隻公雞。

錦囊

成大事者，不拘小節，但小人物受到傷害時，還是會記恨你。

金庸小說最仁義的大俠

文：陳美濤

《射鵰英雄傳》高手輩出，既有四絕，又有成長中的郭靖、黃蓉，還有全真教高手、黃藥師徒弟等一干配角。論俠氣，很多人認為是洪七公或是郭靖。但仔細留意，他們行俠仗義，都是經過多方考慮的。例如歐陽克貪淫好色，糟蹋良家婦女，在現代也是個強姦犯，在古代更是萬惡，明顯是壞人。但大俠們有去消滅他嗎？南帝深居簡出，黃藥師想讓歐陽克做女婿，哪怕是以正義聞名的洪七公，也看在歐陽鋒的面子上，沒有「為民除害」。郭靖曾對付歐陽克，因為歐陽克對黃蓉有意思；楊康殺了歐陽克，因為歐陽克想輕薄穆念慈，加上想歐陽鋒收自己為徒。

結果我們發現，無論忠奸，基本上都不會為正義，去對付有後台的歐陽克。有例外嗎？除了江南六怪，他們發現歐陽克擄劫良家女子，他們「當即與他動起手來」，扭斷了歐陽克的小指，歐陽克負傷逃跑，拋下少女，六怪還「送了那少女回家」，繼續追捕歐陽克。

《射鵰英雄傳》自從四絕出場後，就是一個「鬥後台」的故事。黃蓉的爸爸是東邪，歐陽克的叔叔是西毒，郭靖也要拜北丐為師，哪怕王重陽死了，全真教還能依靠他創立的天罡北斗陣，與四絕對抗。總之，雙方對決時，誰的後台突然出現，誰的後台更多，另一方就很快退縮了。

江南七怪給人一種武功平平的感覺，但他們是《射鵰英雄傳》中，唯一不論利益、不管對方有沒有後台，都依從他們所理解的「正義」去行事的團隊。只要認為是正義，敢對抗全真教丘處機、金國王爺府、黃藥師、歐陽鋒。

這種「不怕後台」的俠氣，在武俠小說中也難得一見。我們都知道，練了絕世武功，要行俠仗義。但試想想，如果你的武功並不絕世，遇上比你更強的壞人，你還會出手嗎？如果壞人背後有強勁的後台，你現在對付了壞人，就後患無窮，你還會毫不猶豫地出頭嗎？

江南七怪會。到了《神鵰俠侶》，七怪死了六怪，只剩下瞎子柯鎮惡。他聽聞李莫愁來找陸展元一家的麻煩，他說：「萬萬去不得。那女魔頭兇惡得緊，我打不過她。不過既知朋友有難，可不能不去。」柯鎮惡的想法是：「又知自己武功不及赤練仙子，這番趕去只是多賠上一條老命。」最後柯鎮惡怎樣活下來？因為李莫愁想：「要傷柯老頭不難，但惹得郭氏夫婦找上門來，卻是難鬥，今日放他一馬便是。」李莫愁顧忌柯鎮惡是郭靖的師父，柯鎮惡傻，李莫愁可不傻，也會怕後台嘛。不怕後台的柯鎮惡，這次卻因為後台而保平安。

錦囊

誰說大俠一定要有型有款，真正的強大，除了靠自身的實力，也要計算背後的人脈網絡。

血刀老祖：淫賊要上進

文：陳美濤

沉鬱如《連城訣》，居然有血刀老祖般頂天立地的奸角。他是金庸小說中，少有地完全沒有掩飾，亦沒有改變的奸角，為何他可以壞得如此脫俗？

其實，血刀老祖一生只有一個追求：美女。問題是，他既非長得像歐陽克、楊過般俊俏，亦不像韋小寶般有特別才能。靠正常途徑去追求女性，血刀老祖沒可能抱得美人歸。於是他利用一身絕世武功，姦淫婦女。

但大部份武俠小說都有淫賊，血刀老祖的特別，不在於他的行為，而在於他的思維。小說中，血刀老祖捉住了水笙，奸笑著問：

「徒孫兒，女人家最寶貴的是什麼東西？」狄雲嚇了一跳，心道：「啊喲，不好！這老和尚要玷污水姑娘的清白？」口中只道得：「我不知道。」血刀老祖道：「女人家最寶貴的，是她的臉蛋。」

為什麼血刀老祖覺得臉蛋最寶貴，狄雲一聽就覺得是貞潔？因為在古代社會中，一個女人沒了貞潔，會遇上很多難關，會被人歧視。「貞潔」這個答案，是站在女人的立場去回答的。

但對血刀老祖而言，女人有貞潔，可能會加分，但如果那個女人長得太醜，血刀老祖完全沒有興趣，她有沒有貞潔，甚至是生是死，都沒有意義。所以血刀老祖答「最寶貴的是臉蛋」，是站在自己的角度，用「看著一碟菜」的心情去回答。你愈漂亮，我就愈享受。這就展現了壞人的心路歷程，在他們眼中，所有人都是為自己服務的，只分為「有用」和「沒用」。

逃亡過程中，血刀老祖有少許空閒時間，看著水笙感慨：「妙極！老和尚艷福不淺！」狄雲又以為他要強姦水笙，誰知血刀老祖走到一旁，閉目運功，又是練功的時間了。

可以看出，血刀老祖雖然愛美色，但他非常清楚，自己可以為所欲為，不是因為長相、才華、金錢，純粹是因為一身絕世武功。在任何時候，他都要保持自己的武功水平，甚至有美在前，都要先擱在一旁。

錦囊

要清楚自己的優勢，時刻保持競爭力，才有機會一心追求理想。

周伯通：頑童有底線

文：陳美濤

周伯通為人純真，做事沒有章法，想做就做。但周伯通真的完全是一個「頑童」嗎？他做事有沒有底線？

其實，他在大節上很有分寸。話說他和瑛姑的奸情被發現後，段皇爺提出要把瑛姑許配給他，周伯通拒絕。有讀者認為，周伯通根本不知道什麼是愛情，純粹貪玩，所以不願意帶走瑛姑。我覺得，這雖然符合周伯通的性格，但他拒絕瑛姑時，他關注的是全真教的名譽。

王重陽和周伯通為什麼來大理？因為王重陽自知命不久矣，怕死後無人克制歐陽鋒，想把「先天功」傳給段皇爺，為了令雙方顯得平等，說要段皇爺拿「一陽指」來交換。這是外交事件，是武林兩大勢力的合作。豈料周伯通搭上了別人的妾侍，段皇爺把妾侍送給他，如果周伯通笑納，從此全真教就是「自己犯錯了，還要佔人便宜」，再也抬不起頭。大家可能覺

得，周伯通怎會思考這些問題。但在那一刻，周伯通的即時反應是：

「本來不知這是錯事，既然這事不好，那就殺他頭也決計不幹，無論如何不肯娶劉貴妃為妻。」

《射鵰英雄傳》第三十一回〈鴛鴦錦帕〉

周伯通還跪下叩頭叫段皇爺殺他，絕非兒戲。他自知鑄成大錯，影響了王重陽和全真教，就果斷作出「拒絕瑛姑」，及「叫段皇爺殺他」的決定。

除了這件事外，周伯通有沒有認真對待任何事？他知道歐陽鋒是壞人，但只限於「知道」，從來沒有打算儆惡懲奸。他痛恨黃藥師，黃藥師把他困在山洞裡折磨，但當他有機會報復，他只想用大小便作弄黃藥師。周伯通的另一次認真，是襄陽大戰，身中三箭，知道很可能會喪命，依然堅持抗敵。

可以說，周伯通是大節無虧，小節一塌糊塗。為什麼會這樣？我猜，這是王重陽的教導。周伯通的武功幾乎都是他教的，王重陽出家前，和周伯通是好友，所以平輩論交，名為師兄弟，實為師徒。王重陽應該很了解周伯通的單純，如果把長時間的任務交給他，例如「把全真教發揚光大」、「儆惡懲奸」，周伯通幾乎必定會犯錯，加上他一身武功，一不小心被人誤導，更會成為壞人的武器。

所以，王重陽對周伯通的教導，以簡單為主。周伯通身為師叔，王重陽死後，周伯通甚至不用教全真派弟子練武功。不過，王重陽也曾把任務交給周伯通，正是叫周伯通藏起《九陰真經》，結果被黃藥師夫婦騙了。

錦囊

遇上靠不住的人，最重要的就是「不要靠他」。

張無忌：我媽是女神

文：陳美濤

張無忌的感情生活，就是不斷被女人欺騙，他喜歡的女人，全都騙過他。初戀朱九真是騙子；趙敏一開始就在製造騙局，經常欺騙他；周芷若騙了屠龍刀；小昭和蛛兒也隱瞞了身份。張無忌完全不笨啊，看他在「六大派圍攻光明頂」的表現，有勇有謀，怎麼在感情上就不斷被騙？

針對這件事，張無忌的母親殷素素已經告誡過他了，殷素素臨死前叮囑：

「孩兒，你長大了之後，要提防女人騙你，越是好看的女人，越會騙人。」

《倚天屠龍記》第十回〈百歲壽宴摧肝腸〉

張無忌與殷素素母子情深，媽媽死前的最後一個叮囑，按理說，張無忌應該嚴格遵守，不要以貌取人，選擇一個真誠、不會騙自己的妻子。可惜，殷素素畫蛇添足，說多了一句話：

「我沒跟這和尚說，咱們誰也不說。我是騙他的……你瞧你媽……多會騙人！」

《倚天屠龍記》第十回〈百歲壽宴摧肝腸〉

這兩句話加起來，是什麼意思？是「你媽好看，會騙人」，所以只有「好看，會騙人」的女人，才像你媽。張無忌自幼父母雙亡，難免有點戀母情意結，從此就愛上了「好看＋會騙人」的套餐。

單是好看，那是不行的，例如楊不悔「眉目如畫，容貌俏麗」，從來沒有騙過張無忌，張無忌護送楊不悔走了萬里之遙，患難與共，哎，她不騙我，那是兄妹之情。殷離呢？她沒有嚴重地欺騙過張無忌，但她是殷素素的外甥女，長得像殷素素，書中有一段，寫殷離嘲諷張無忌，說張無忌是醜八怪，摔斷了狗腿。

張無忌見她這麼淺淺一笑，眼睛中流露出十分狡譎的神色，心中不禁一震：「她這眼光可多麼像媽。媽臨去世時欺騙少林寺那老和尚，眼中就是這麼一副神氣。」想到這裡，忍不住熱淚盈眶，跟著眼淚便流了下來。

《倚天屠龍記》第十六回〈剝極而復參九陽〉

不論你的說話多麼不客氣，只要你有點像殷素素，就能打動張無忌。

所以，張無忌的擇偶標準，就是「你有多像我媽」，你愈是又美又會騙人，就愈像我媽了。趙敏與殷素素的風格十分相似，伶牙俐齒心狠手辣，為一段對立的愛情放棄一切，有些影視會用同一個演員，分飾趙敏和殷素素，所以趙敏成為了張無忌的最愛。

愈美的女人，是不是愈會騙人？騙人是需要一個拍檔的，有騙子，也要有被騙者。張無忌就是一個專業的被騙者，會主動吸引別人來騙他。在什麼情況下，你會引誘別人來騙你？對方多數是美女了。

也有記者問過金庸：「您覺得美人有多不可信？」金老回答：「我見到美人的話，明知她不可信，我也信她了！」事情很明顯，哪怕美女會騙人，男人還是會相信美女的，活該被騙。

錦囊

美麗與否，人人都會騙人，只是男人喜歡相信美麗的女人。

霍都：潛在的復仇者

文：陳美濤

俗語有云：「有頭髮邊個想做癩痢。」如果可以做王子，誰會想做乞丐？有的，正是霍都王子。他是金輪法王的徒弟，背叛了金輪法王，殺死丐幫幫眾，冒充幫眾十六年，升到五袋弟子，想做丐幫幫主，陰謀被識破，被殺死了。

問題來了，冒充丐幫幫眾，不是做警匪片間諜，只需要違反心中的正義，是要做十六年的乞丐。為什麼要這麼辛苦？黃蓉估計：

「霍都叛師背門，自己怕師父和師兄找他，於是化妝易容……可是這等奸惡自負之徒決不肯就此埋沒一生，時機一到，他便要大幹一場了。」

《神鵰俠侶》第三十七回〈三世恩怨〉

這個說法有兩個問題，第一，金輪法王是一個官迷，武功如此高強，也要做國師，受朝廷指揮。霍都雖然背叛了他，但霍都是王子，金輪法王冷靜下來，會否去追殺一個王子？第二，就算金輪法王要追殺霍都，霍都要易容躲在中原，也不用做乞丐吧，中原這麼多門派，很多地方也有高明武功，比如少林不香嗎？

其實，霍都是一個隱藏的復仇者。為什麼他是王子？新修版說明，霍都是成吉思汗結拜兄弟札木合的兒子。這對結拜兄弟交戰，成吉思汗贏了，為免札木合的部族作亂，殺死了札木合，成吉思汗又念舊，下令札木合的子孫世世代代封為王子。咦，這不是清朝封長平公主的方法嗎？即是說，霍都只是一個叫「王子」的吉祥物，他不是大汗的兒子，相反，大汗是他的殺父仇人，所以金輪法王不太重視他。

為什麼成吉思汗能贏札木合？本來札木合會贏，是郭靖努力幫成吉思汗解圍，成吉思汗才反敗為勝，郭靖也因此被封為「金刀駙馬」。換言之，如果沒有郭靖，札木合應該是大汗，霍都也會是實權王子。對霍都而言，郭靖也有殺父之仇。所以，霍都才會在丐幫潛伏十六年，最主要的原因是，那是離郭靖最接近的幫派。按照霍都原本的計劃，他當上了丐幫幫主，郭靖就會親自教他降龍十八掌，乘其不備，確有報仇的機會。

我認為這是金庸未完成的伏線。霍都的身世，和楊過很像，同樣是父親和結拜兄弟失和，被結拜兄弟一派的人殺死。事後，殺人那一方，想善待死者的子孫，想視如己出，郭靖想教好楊過，成吉思汗讓霍都做王子。但楊過和霍都，都被猜疑，沒有「視如己出」的待遇。所以，霍都一出場，就和郭靖交手了。可是，小說中沒有什麼機會，插入霍都這條復仇支線，所以就讓霍都輕易死掉了。

錦囊

「仇恨」往往只能為難自己，成為自己的障礙。

何鐵手：中原的獵奇玩具

文：陳美濤

舊版《碧血劍》中，何鐵手愛上了女扮男裝的溫青青，是少有地沒有愛上男主角的美女。新修版就刪了這一段，反而增加了何鐵手與袁承志的互動，有少許親熱情節。她甚至說，如果沒有阿九，她會想嫁給袁承志。何鐵手似乎喜歡袁承志。

有趣的是，我們討論袁承志的感情歸宿時，主要是說溫青青與阿九，很少會把何鐵手納入考慮範圍。而且，同一個情況也出現在其他小說中，明明藍鳳凰也對令狐沖有些曖昧，但說起令狐沖，一定是任盈盈比拼岳靈珊，沒有藍鳳凰的戲份。就算發生了關係，金蛇郎君也沒有想過要娶何紅藥。

我覺得，這是文化差異。武俠小說裡，一些來自偏遠外族的女角，雖有異域風情，但永遠不會嫁給男主角，甚至沒有「被認真考慮」的機會。

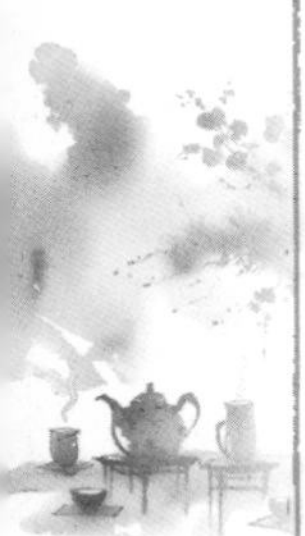

難道外族女角，就沒有機會嫁給漢人？不，韋小寶娶了建寧公主，郭靖也曾認真考慮娶華箏。這些女角背後都有一個強大的政權，建寧公主屬於清政府，清政府當權；華箏的蒙古比漢人強大。哪怕是霍青桐和香香公主，背後的回族部落，也是一個有一定勢力的政權。那麼何鐵手、何紅藥和藍鳳凰，她們背後是什麼政權？誰是執政者？書中沒有提起，很可能是不存在的。

這不是說，男主角意圖利用女角背後的勢力。而是當女角來自蠻荒地帶，來自漢人不會留意的文明，大家都不了解她的文化背景。所以男主角永遠都不會用平等的目光，去看待來自偏遠外族的女性，她們只是男主角獵奇的玩具。

值得一提的是，改版後的《碧血劍》，女角的配置很像《倚天屠龍記》。阿九像趙敏，身份高貴，也對男主角一片痴心；溫青青像周芷若，地位沒有那麼高；焦宛兒像小昭，她的父親是金龍幫幫主，最後她也做了幫主，小昭就做了聖女，兩人都是守護式地愛著男主角；何鐵手就像殷離，兩人都用毒，有點跳脫，沒有那麼容易掌握。而且，大家都有一個青梅竹馬，沒有終成眷屬，袁承志有安小慧，最後嫁給他的師侄崔希敏；張無忌有楊不悔，嫁給他的師叔殷梨亭。

錦囊

如果對方一開始就看不起你，即使他和你在一起了，也沒有好結果。

余魚同與宋青書：爲愛犯錯的本性

文：陳美濤

余魚同初期相當糾結，他愛上文泰來的妻子駱冰，他知道「兄弟妻，更不可欺」，但又按捺不住內心的渴望，在理智與感情間掙扎。

終於有一次，余魚同和駱冰一起去救文泰來，駱冰熟睡，余魚同忍不住擁抱駱冰，吻了下去。駱冰當然生氣，打了他一巴掌，甚至說要他「三刀六洞」，但最後也原諒了他。駱冰還說：「只要你以後好好給會裡出力，再不對我無禮，今晚之事我絕不對誰提起。以後我給你留心，幫你找一位才貌雙全的好姑娘。」

余魚同十分愧疚，繼續為紅花會出力，為救文泰來而毀容。這也還有美女李沅芷愛上他、追求他，用各種方法跟他結婚。且不論余魚同有多愛李沅芷、有沒有放下駱冰，但至少他有個好結局。

相反，宋青書暗戀周芷若，忍不住偷窺她。結果，被師叔莫聲谷撞破，莫聲谷大怒，追著宋青書，宋青書只好和他比武。誰知被陳友諒暗算，令宋青書誤殺莫聲谷，陳友諒捉著這個把柄控制他，令他做了很多壞事，所有人都鄙視他，最後慘死。

大家都是情不自禁，宋青書連身體接觸也沒有，而且駱冰是余魚同的嫂子，周芷若和宋青書則男未婚女未嫁。偷窺當然是錯的，但同樣是風化案，無論用武俠世界的角度，抑或用現代法律來判斷，余魚同的罪行都比宋青書嚴重。

為什麼宋青書會慘死？兩人的人品當然不同，但最重要的原因，是自我形象的分別。余魚同是紅花會十四當家，前頭還有十三個上司，升職無望。而且紅花會並不是一個當家帶一隊人馬，排名這麼後，出謀劃策沒他的份，打架又不是主力。做壞事被人揭發了，我是禽獸、我賤命一條，我自殘也不是什麼大事。

宋青書剛好相反，明顯是武當派第三代的繼承人，現在他的父親宋遠橋主事，他是未來掌門，大家寄予厚望，他大概自小也頗有自信。現在莫聲谷要揭發他，宋青書根本無法面對長輩，亦不能接受從太子爺的位子上跌下來，這就狗急跳牆。

錦囊

如果你覺得自己是瓷器，不是缸瓦，就不要亂碰亂撞，一丁點壞事都不要做。為了掩飾一件小壞事，很可能愈做愈多大壞事，無法收場。

結語

換個時代在一起 等荊棘滿途全枯死

文：韋迪

金庸的俠之大者與現今處世論

文：韋迪

金庸武俠小說除了故事引人入勝外，內容所提及的武功秘笈、招式、武打動作場面設計都令人產生無限聯想。加上由粵語片時代至今，包括中港台製作的電視劇、網絡遊戲及電影，已把平板的文字描述，變成影像及明星藝人一體化，更將虛幻的文字描述，透過影像加深讀者對金庸武俠小說的認識。讓每一個年代的讀者群都有著他們的各自設定的武打場面及主角。例如在筆者而言，當閱讀《射鵰英雄傳》文字小說時，便先入為主，把「佳視」時期攝製的電視劇藝人白彪、米雪代入為小說中憨直忠厚的郭靖、嬌俏可人黃蓉角色。當翻看「華山論劍」小說章節內容時，腦海便活現飾演郭靖的白彪(註1)對飾演黃藥師的陳惠敏(註2)精彩對打場面。

此外，小說內容的高手武功對戰的描述，更加為人津津樂道。「金庸武學」的想像力除了非常豐富外，亦有真實武學，拳經混合編寫，讓讀者分不出武功真偽。例如，《倚天屠龍記》裡張無忌在武當山跟張三丰在眾人臨陣面前學習太極劍應付強敵，便令很多讀者產生疑惑。

無忌越是學習，越是回答自己快忘記所學，張三丰聽了反而大喜，更顯示張無忌驚人的武學領悟力，結果張無忌便以「這我可全忘了，忘得乾乾淨淨的了」打敗強敵。《倚天屠龍記》第二十四回「太極初傳柔克剛」

在真實搏擊中，本能反應是至勝關鍵，之前所學招式套路應用，需要全部融入為自己的肢體反應及變成適合自己運用的攻擊策略。太極拳由慢練開始，練到最後達至以柔制剛，後發先至，意到勁到境界時，招式套路已不復存在，一切勁力來源全由條件反射主宰及肌肉筋骨協調達致，應手即僕，引身落空。近代楊式太極拳始創人楊露禪（人稱楊無敵）便是把陳式太極拳改良發展，將其自創的楊家太極拳發揚光大，他將陳式太極拳架改良為舒展精簡，廣為人知及易學，讓更多人不論老幼也能習練，用作改善身體質素及養生保健，深得大眾喜愛及習練。

太極拳理與人際關係的體會

人際關係中虛實進退，錯綜複雜的關係，可以從拳理中獲得啟思，太極拳理內功原則中「不爭」為態度，捨己從人，卻是最核心的心法之一，每人皆以自我為中心，以自己利益為優先，最後只會各自為政，合作不成，把關係變壞，需知道社會關係，「識人好過識字」但如何建立良好關係，便應由「捨己從人」為原則，以順應來勢，不爭不頂，粘連黏隨，避重就輕，伺機而動，四兩撥千斤，以弱勝強。如老子所言：「將欲奪之，必固與之」即「欲取之，必先給予之」。在生活中常言道「不得意」，「求不得」的時候，總是怨天由人，其實，反過來說，只是出於「不捨得」。所以人生處世要明白勇於「捨」，敢於「捨」才能「得善果」。因為人際機遇關係是由錯綜複雜，因果關係及眾多因素所組成。只有明白核心原則，路向便會出現分支，結果便不一樣了！人活在人際關係中，便應從關係中學習成長。在實戰搏鬥中忌貪打，守正中，不丟不散。方能立不敗之地。人生何常不是如此。

附帶一提，雖然金庸生是文人，但從故事內容中對武學的描述，卻包含高深的學武哲理。相信他對中國武術文化有著深厚的研究，除了在多本著作中多次提及少林、武當的武學源流外，每一派的武學招式亦有不同程度的描述。根據以上資料推測，金庸先生雖然非實戰武術名家，但對各門各派的武學研究一定有非常深入瞭解及資料搜集，才能設定這麼多令人疑幻疑真的武打場面。

究竟金庸先生曾否練武呢？是否曾經習武才能寫出精彩的武俠小說呢？根據「羊城晚報」（註3）金庸先生曾跟內地氣功大師孫大法習練「內丹金剛氣功」，源出於道家運氣練功之法，有助增強血液循環及加速新陳代謝，有增強抵抗力之效。他們邊習氣功，邊交流寫作武俠小說心得，雖然是短聚認識，卻言談甚歡。

金庸的新派武俠小說之「道」

金庸先生除在五十年代創辦明報外，更早於在「新晚報」任編輯之餘，同時兼任長城電影製片有限公司編劇及導演，對電影製作方面的認識對他日後寫作手法有著深遠的影響，他運

用對電影分場的深厚認知及應用，基本上已把小說寫成一本極具雛形的電影劇本了。有別於其他武俠小說作家，他將歷史時空、內容意境、人物性格、武打招式等都交待得非常清楚，更重要是讓電視及電影製作組人員更快更容易將文字版的金庸名著改篇成影視及娛樂媒體，讓小說能廣範流傳，將中華歷史文化廣傳至世界各地。

以太極拳為例，此門拳法對金庸先生開創新派武俠小說浪潮及後成為全球著名一代武俠小說家，有著非常深遠的關係。太極拳是中國傳統武術，相傳始創於武當道士張三丰，屬於內家拳種，強調以肌肉放鬆、心無雜念，以柔制剛，後發先至……等為拳理法則，有別於少林外家拳的硬橋硬馬，破木斷金的直接打擊方法，強調改用圓形的運動特性，改變力的方向，以力打力，發揮四兩撥千斤的最大槓桿原理，此外，更將很多道家哲學思想融入拳理之中。所以在習拳的過程中，亦可以同時體會中華文化高深的哲理學問。

以人際關係而論，太極拳以道家思想為核心。「上善若水。水善利萬物而不爭」。處事方法可以用至剛者克柔，亦能至柔者克剛。水無固定形態，卻能剛能柔，利萬物！立心向善者，因果關係效應自然會產生。

太極拳與武俠小說的淵源

這可從一九五四年港澳一場轟動社會的兩派師父比武說起。一方是武林輩份較高，年紀較長的吳家太極拳掌門吳公儀師傅，另一方是後起之秀，陳克夫師傅，尊稱為白鶴派三夫之一。最初起因只是在報章爭論南北功夫，之後演變成報章罵戰，最後相約在澳門正式舉行擂台比賽，比賽收入賑濟石硤尾火災災民，更邀請各界武術名家表演助興淡化武鬥目的，讓比賽得以順利進行。之後香港各大傳媒報紙都加大渲染，一時間轟動整個社會，武林風一時盛行起來。新晚報總編輯，看準時機，邀請梁羽生先生執筆寫武俠小說。之後，金庸先生亦獲邀請執筆寫了《書劍恩仇錄》在「新晚報」連載，讓很多人早上落街搶購報紙，目的只求追看武俠小說連載，最後成為報紙銷量保證，引發香港武俠小說盛行起來，現在更演變成中華文化寶庫，相信當年兩位武者亦意料所不及。

原本意氣之爭的比武賽事，一路演化，反而最終開創了港式創新武俠小說先河。其中奧妙之處在那裡呢？由法例不容許的個人武鬥，意氣之爭的比賽改為以籌集善款為目的善行。以利眾為目的，便是處理人際關係的重要課題之一。

註1：https://www.jendow.com.
白彪曾習大聖劈掛拳，猴拳王陳秀中師傅弟子之一

註2：https://www.hk01.com
陳惠敏曾習譚家三展及西洋拳

註3：Culture people.com.cn
氣功名家孫大法：教金庸一家三口練內丹金剛功

好年華
Good Time

笑傲任我行　細看金庸學做人

作　者／陳美濤、韋迪
文字編輯／顧景然
版面設計／陳沫
國際書號／978-988-76627-9-2
初　版／二〇二四年五月
定　價／港幣一百一十八元正
出　版／好年華 Good Time
電郵：goodtimehnw@gmail.com
IG：goodtimehnw
Facebook：goodtimehnw
發　行／泛華發行代理有限公司
電話：852）2798 2220
傳真：852）3181 3973
地址：香港新界將軍澳工業邨駿昌街七號星島新聞集團大廈